JN004913

Day to Day

デイ・トゥ・デイ

講談社＝編

Day to Day　目次

4月

1日　辻村深月　010
2日　西尾維新　014
3日　大崎 梢　018
4日　吉川トリコ　022
5日　有川ひろ　026
6日　真梨幸子　030
7日　凪良ゆう　034
8日　森 博嗣　038
9日　志駕 晃　042
10日　青柳碧人　046
11日　秋吉理香子　050
12日　砥上裕將　054
13日　朱野帰子　058
14日　深水黎一郎　062

15日 有栖川有栖 066
16日 海堂 尊 070
17日 周木 律 074
18日 瀬名秀明 078
19日 中山七里 082
20日 法月綸太郎 086
21日 似鳥 鶏 090
22日 黒澤いづみ 094
23日 長岡弘樹 098
24日 恩田 陸 102
25日 我孫子武丸 106
26日 春原いずみ 110
27日 秋川滝美 114
28日 田中芳樹 118
29日 貫井徳郎 122
30日 湊 かなえ 126

5月

1日 浅田次郎 130
2日 朝倉かすみ 134
3日 蛭田亜紗子 138
4日 辻 真先 142
5日 重松 清 146
6日 皆川博子 150
7日 米澤穂信 154
8日 神林長平 158
9日 東川篤哉 162
10日 近藤史恵 166
11日 輪渡颯介 170
12日 椹野道流 174
13日 佐藤青南 178
14日 高岡ミズミ 182

15日　竹本健治　186
16日　森村誠一　190
17日　芦沢　央　194
18日　伴名　練　198
19日　早坂　吝　202
20日　今野　敏　206
21日　相沢沙呼　210
22日　横関　大　214
23日　ごとうしのぶ　218
24日　赤川次郎　222
25日　薬丸　岳　226
26日　原田マハ　230
27日　麻見和史　234
28日　あさのあつこ　238
29日　垣根涼介　242
30日　彩瀬まる　246

31日　西村京太郎　250

6月

1日　月村了衛　254
2日　麻耶雄嵩　258
3日　知念実希人　262
4日　高橋克彦　266
5日　真下みこと　270
6日　尾崎世界観　274
7日　田丸雅智　278
8日　宇山佳佑　282
9日　三秋　縋　286
10日　友麻　碧　290
11日　井上真偽　294
12日　市川拓司　298

13日 垣谷美雨 302
14日 石黒正数 306
15日 川越宗一 310
16日 木内 昇 314
17日 五十嵐律人 318
18日 井上夢人 322
19日 榎田ユウリ 326
20日 塩田武士 330
21日 朝井まかて 334
22日 榎本憲男 338
23日 澤村伊智 342
24日 宮澤伊織 346
25日 内館牧子 350
26日 宮内悠介 354
27日 木内一裕 358
28日 夢枕 獏 362

29日　宮城谷昌光　366
30日　森 絵都　370

7月

1日　朝井リョウ　374
2日　島田荘司　378
3日　林 真理子　382
4日　北方謙三　386
5日　五木寛之　390
6日　東山彰良　394
7日　伊集院 静　398
8日　京極夏彦　402
9日　東野圭吾　406

Day to Day

2020.4.1-7.9

4/1 今日からはじまる物語

辻村深月

四月一日が、今年はなくなるらしい。

エイプリルフール。去年、お母さんたちから聞いた、一年で唯一、嘘をついてもいい日。

大翔《ひろと》は子供部屋の絨毯《じゅうたん》にうずめていた顔を上げて、涙で熱くなった目の周りをぬぐう。

さっきまで自分を慰めていたお母さんの姿はもうなかった。

今日から、クラスメートの将矢《まさや》と遊べなくなった。将矢の家はおばあちゃんたちと一緒に住んでいるから。今、怖い病気が流行っていて、それにかかると大変なのだということは知っていた。だけど、それがどうして将矢と遊べなくなることにつながるのか、大翔にはわからなかった。

「仕方ないの」とお母さんが言った。

「万が一、将矢くんが家にウイルスを持って行ってしまったら大変だから」

お母さん同士が相談してそう決まったらしい。

毎日、放課後は習い事や塾で埋まっていても、大翔は一年生の時から文句を言ったことがない。将矢と遊べるのは土日だけだったけど、その土日がとても楽しいから、我慢してきた。学校が休みになってからは会えるのも減って、だけどたまに遊べるのがやっぱりすごく嬉しかった。いつもいつも——いっつも頑張ってきたのに、たったそれだけでいいと望んだ時間が奪われてしまうなんて、信じられなかった。

静かな部屋に、雨の音がしていた。その音を聞くと、気持ちがだんだんと静かになった。雨なら、いい。将矢と遊べたとしても、どうせ外には出られなかったろうから。だから悔しくないし、悲しくない。

今年はエイプリルフールがなくなるらしい。大人たちが話していた。こんな時に嘘を吐くなんて、周りを混乱させるし、〝ふきんしん〟だから。

ふいに——暗い部屋の奥から、光を感じた。まばゆい、まばゆい光。雨粒が無数に流れ落ちる窓から顔を光の方に向け——そして、息を呑んだ。

大翔の本棚が、光っていた。えっと思う。なにこれ？　と混乱する。それから、むくむくと、ある感情がこみあげてくる。

これって、ひょっとして、あれじゃない？

よくアニメとかで見る、なんかの、入口。冒険の旅とか、どっかの〝王国〟とか、異世界に招かれたり、タイムスリップとかしたりして、主人公が活躍する——。

マジか、と思う。すっげ、そういうこと、オレにも本当にあるわけ？　でも、もし、冒険の扉が開くなら、こんな最悪な気分の時が似合ってる気もした。

涙が乾き始めた目をこすり、大翔は自分の本棚の前に立つ。光っているのは一冊の本だった。去年の誕生日、親戚のおじさんがくれたけど、字ばっかりで絵がほとんどないから、一度も開かずにしまっていた本だ。その時、そのおじさんが言っていた。本を読むのは、すごくいい。本は君にたくさんのものを与えてくれる。中でもこの本のある一文を読んだ時に、オレの人生は変わったんだ——。

嘘つけ、と大翔は思っていた。

大人がそう語る時、なんだか全部が胡散臭くて、偉そうで、嘘っぽく聞こえるのはどうしてなんだろう。

だけど——。

今年はエイプリルフールがなくなるらしい。だったら。

――いつか、嘘でも。

光る本に手を伸ばす。手に取り、ページを開くと、大翔の気持ちも体も時間も、すべてが一気に、その中に吸い込まれていく。

この四月一日だからはじまる、未知なる嘘の、これが幕開け。

辻村深月（つじむら・みづき）

１９８０年2月29日生まれ。山梨県出身。２００４年『冷たい校舎の時は止まる』で第31回メフィスト賞を受賞し、デビュー。『ツナグ』で第32回吉川英治文学新人賞、『鍵のない夢を見る』で第１４７回直木賞を受賞、『かがみの孤城』で第15回本屋大賞第1位となる。その他の著作に『スロウハイツの神様』『ハケンアニメ！』『朝が来る』『傲慢と善良』『小説　映画ドラえもん　のび太の月面探査記』などがある。

４／２　掟上今日子のSTAY HOLMES

西尾維新

２０２０年４月２日、僕（隠館厄介《かくしだてやくすけ》）は、忘却探偵・掟上今日子《おきてがみきょうこ》と共に、ある殺人現場にいた。無論、冤罪王――もとい、冤罪体質であるこの僕にかけられたあらぬ容疑を、今日子さんに晴らしてもらうためだ。さすがは『どんな事件も一日で解決する』最速の名探偵、既に意外や意外の真犯人は特定されたのだが、しかしながら、まだ謎は残されていた。

「今日子さん。犯人はなぜ現場の扉を、無作法にも開けっぱなしにしたんでしょう？　オートロックですし、それだけで簡単に、密室殺人事件にできたのに……」

「密室だからこそ、ですよ」

今日子さんはさらりと答えた。そして左手でカーディガンの長袖をまくり上げる――その右腕には太いマーカーで、次のように書かれていた。

『×密閉』。

「嫌ったのでしょう。密閉状態を」

「……では、凶器に槍を使用した理由は？　しかも長さ2メートルにもわたる、まさかの長槍を」

「ソーシャル・ディスタンス」

　言って今日子さんは、タイトなロングスカートを上品につまみ上げる——すると、左脚のむこうずねにこう。

『×密接』。

「な、なら、そんな慣れない凶器で、単身犯行に及んだ理由は？　あの犯人の人望なら、いくらでも共犯者を募れたはずなのに——」

　名探偵は最早語らず、黙ってブラウスの裾をからげる。くびれた胴体に書かれていた文字は、確かに言うまでもないそれだった。

『×密集』。

「一同を一堂に集めた解決編を自粛することは、探偵としてやや切なくはありますが——殺人犯でも避ける3密を、我々が忘れるわけにはいきませんからねえ」

眼鏡の奥でウインクし、今日子さんは軽快に踵を返して、殺人現場を後にする——慌ててその背を追いそうになって、僕は辛うじてソーシャル・ディスタンスを保ち、そして「あの……、今日子さんは、これからどうなさるんです？」と尋ねた。謎解きが名残惜しく、反射的に訊いてしまっただけだが、実際、気にせずにはいられなかった。

今日子さんには、今日しかない。

だとすれば変わりゆく２０２０年の、明日からの月日を、いったい彼女はどのように生きていくのだろうか。

「決まっているでしょう」

去りゆく足を止めることなく、ただ少しだけ振り向いて、白髪の名探偵は飄々と答える——最後に左袖を、大胆にまくり上げながら。

「STAY HOLMES。おうちで推理小説を読みます」

西尾維新（にしお・いしん）

１９８１年生まれ。『クビキリサイクル　青色サヴァンと戯言遣い』で第23回メフィスト賞を受賞し、デビュー。同作に始まる戯言シリーズ、アニメ化された『化物語』に始まる物語シリーズ、ＴＶドラマ化された『掟上今日子の備忘録』に始まる忘却探偵シリーズなど著書多数。漫画原作者としても活躍し、代表作に『めだかボックス』『症年症女』がある。２０１９年に著作１００作目となる『ヴェールドマン仮説』を刊行した。

4/3

「到来物」

大崎 梢

文旦が届いた。夫の郷里である高知からだ。春先にとれる柑橘類の一種で、見た目や大きさはグレープフルーツに似ている。食べ方は夏みかんと同じだが、小袋からすんなり離れるので食べやすい。

私が初めて文旦を知ったのは結婚後のこと。すでに三十年以上も前になる。当時は札幌市内の社宅に住み、短い夏や長い冬に心細い思いを味わっていた。そこに、高知の義母からたびたび段ボール箱が届いた。文旦もそうだが、他には塩漬けした山菜や畑でとれた空豆、インゲン、手作りの味噌や梅干しなどなど。

東京に生まれ、典型的なサラリーマン一家に育った私には、盆暮れの帰省も田舎から届く荷物にも経験がなかった。水を何度も替えながら山菜の塩を抜き、空豆の殻を外し、梅干しの酸っぱさに驚く。味噌こしを使って大豆のつぶつぶが残る味噌をこす。初めてのことばかりだ。

野菜から出る水分でしっとりした手紙には、「こちらは元気でやっている。心配しなくていい。あなたたちはあなたたちでしっかり暮らしなさい」というようなことが書いてあった。私の親からは、北海道は遠すぎる、いつ帰ってくる、誰それさんちの娘さんは親の近くに住んでいて親孝行だと、何度となく責められた。なんたるちがい。

働き者の義母は自分にも人（嫁）にも厳しく、私にとって付き合いやすい人ではなかったけれど、情の厚さはよく知っている。数年前に亡くなり、このたびのコロナ騒ぎにやきもきしてるだろう。生きていればせっせとマスクを作ったにちがいない。縫い物も編み物も上手だった。

文旦を送ってくれた長兄夫婦は、母の丹精込めた畑で今でも野菜を作っている。ナスやトマトの実る頃に行ってみたい。夏にはコロナも落ち着いているだろうか。もっとかかるだろうか。

長引けばよさこい祭りに支障をきたすのではないか。はたと気づいて暗くなる。オリンピックだって延期になったのだ。あり得ないことが次々起こる。

こんなときは空の上から叱咤激励してほしい。でも「子どもみたいなことを言ってないで、あんたが励ます側にまわりなさい」と怒られそう。土佐弁で。

大崎　梢（おおさき・こずえ）

東京都生まれ。元書店員。書店で起こる小さな謎を描いた『配達あかずきん』で、２００６年にデビュー。近著に『本バスめぐりん。』『ドアを開けたら』『彼方のゴールド』などがある。

4/4 知らない道を歩く

吉川トリコ

どこか遠くへ行きたい。

いつも焦れるように思いながら暮らしている。

そうかといってお金もないし、仕事も休めないし、遠くになんてそうそう気軽に行けるもんでもない。それにもしかしたら、私が焦がれている〝遠く〟って物理的な距離の〝遠く〟ではないのかもしれない——なんてこのごろは考えている。パリにいてもソウルにいてもマラケシュにいても、あらかじめＧｏｏｇｌｅマップにしるしをつけておいた観光スポットやショップをめぐり、ガイドブックに書いてあったとおりのおすすめメニューを注文する。まるきりｉＰｈｏｎｅの奴隷。それってほんとに〝遠く〟なんだろうか。

四月の最初の土曜日、ほしい本があったので都心にある大型書店まで運動不足を解消するため散歩がてら出向いたら、不要不急だの外出自粛だのあれだけテレビで騒いでいるのもなんのそのといった様子の人出で、まあそんなことを言ったら私だってこうしてのこのこ街まで出てきているわけだからおたがいさまなんだけど、さすがにちょっと怖くなって人のいないほう、人のいないほうへと進んでいたらいつのまにか人気のないオフィス街に入り込んでいた。

まだ少し風が冷たくて、買ったきりどこにも着ていくあてのなかった春物のスカートをばっさばっさと捌きながら、普段めったなことでは近づかない一角を通り抜ける。外壁にモザイクタイルで社名の書かれた渋ビルを見つけて写真を撮り、純喫茶のおもてに貼りだされた日に焼けたメニュー表を、異国の地のメニューを覗くみたいな好奇心と驚嘆でもってしげしげと眺める。コーヒー３６０円。オムライス６３０円。まだ陽も高いというのにひっそりと営業するベルギービールの店。コロナ騒ぎが終息したら飲みにこよう。

なんてことのないオフィス街だとばかり思っていたけれど、よく知っているつもりだった人の知らない一面を見せられたみたいだった。こんなことぐらいで旅の中にいるような高揚感を得られるなんてずいぶんお手軽だけれど、私の中の世界地図が拡張された気がする。

ｉＰｈｏｎｅではたどりつけない新大陸を発見したのだ！　……とか言いながらｉＰｈｏｎｅがなかったら生きていけないんだけど、それはそれとして、明日も私は知らない道を歩く。

吉川トリコ（よしかわ・とりこ）

１９７７年生まれ。２００４年「ねむりひめ」で女による女のためのR－18文学賞大賞・読者賞受賞。著書に『しゃぼん』『グッモーエビアン！』『少女病』『ミドリのミ』『光の庭』『マリー・アントワネットの日記　Ｒｏｓｅ／Ｂｌｅｕ』『女優の娘』『ベルサイユのゆり』『夢で逢えたら』などがある。

4/5

トムめ

有川ひろ

×月×日
　真夜中、枕元でふんふん荒い鼻息がする。ちょんちょんヒゲが当たる。目を開けるとゼロレンジでトムさんが伸び上がってこちらを覗いている。真っ黒お目々で起きろ起きろとせがみ、ついていくと先導するようにこちらを振り向きながらリビングのおやつストッカーへ。小腹が減ったのでおやつを出せ。時間は午前三時である。トムめ、可愛いトムめ。

×月×日
　毎度午前三時に起こされ睡眠不足につき、今日は無視すると強い心で就寝。ふんふんを無視すると枕元に飛び乗り、枕をふみふみ。寝たふりを決め込んでいると間違った振りをして五回に一回顔を踏む。根負けして起きる。トムめ、可愛いトムめ。

×月×日

今日こそは起きぬ。強い心で就寝。ふんふんを無視。ふみふみも無視。トムさん撤退。今日は安眠が訪れたと思ったら突然「ピヨピヨ！　ピヨピヨ！」と電子音の鳥の音《ね》。振ると鳥の鳴き声がするオモチャである。人間を起こすためのアラームとして使いよった。天才か。トムめ、可愛いトムめ。

×月×日

負けぬ。ふんふんを無視。ふみふみも無視。ピヨピヨも無視。再び枕元に飛び乗った。ふみふみはもう効かぬ。顔の上に四つ足でまたがった。腹の毛がこちらの鼻に触れるか触れないかの高さで静止してさわさわ。起きるしかねえわこんなもん。トムめ、可愛いトムめ。

×月×日

負けてはならぬ。ふんふん、ふみふみ、ピヨピヨ無視。腹毛攻撃は横を向くことで回避。トムさん撤退。リビングで「ピヨピヨ！　ピヨピヨ！　ピヨピヨ！（以下略）」と狂ったような鳥の音《ね》が。ぶち切れて聞こえよがしに鳴らしている。怒りに任せたロックなビートが睡魔をかき消す。トムめ、可愛いトムめ。

×月×日

ふんふん無視、ふみふみ無視、ピヨピヨ即座に取り上げて布団の中に隠す。腹毛回避。トムさん枕の逆に回り込み、こちらの顔にデコをすりつけて激しくスクリュー。ここへ来てクソかわいい媚態。無視したらもう二度とやってくれないかもしれない。損得勘定により起きざるを得ない。トムめ、可愛いトムめ。

×月×日

睡眠時間が足りないので昼寝。トムは網戸の窓辺で日光浴。と、突然毛を逆立ててソワソワ騒ぎはじめた。見ると窓の外にかわいいお客。「あら、かわいいちゃんだね〜」と話しかけると、トムがすごい形相でこちらを見上げる。目は口ほどに物を言う。「何言ってんねんお前……！」トムめ、可愛いトムめ。

網戸に桜の花びらがひらひら吹きつけた。よそのかわいいちゃん、それを潮に引き揚げ。

借景の桜、本日散り初め。

トムさんは猫である。
２０２０年、世界は核の炎に包まれてはいないが、まあまあ大変なことになっている。
だが、今年もジンチョウゲが咲き、モクレンが咲き、桜が咲いた。
来年も春の花は咲くであろう。
そして、来年もトムさんと私は夜中の攻防を繰り広げている。

有川ひろ（浩）（ありかわ・ひろ）

高知県生まれ。２００４年『塩の街』で電撃小説大賞大賞を受賞しデビュー。同作と『空の中』『海の底』の「自衛隊三部作」、「図書館戦争」シリーズをはじめ、『阪急電車』『旅猫リポート』『明日の子供たち』『アンマーとぼくら』など著書多数。

4/6

「映像の世紀」風に、コロナ禍を振り返ってみる

真梨幸子

あれは、二〇二〇の冬のことだ。

オリンピックイヤーを迎えて、日本はどことなく浮ついていた。

隣の国で、謎の風邪が流行っている。そんな声が聞こえてもきたが、まだ、呑気な日々は続いていた。

が、それはあっという間だった。

白が優勢のオセロが、終盤、みるみる黒に変わるように、世界は、謎の風邪に飲み込まれた。

それでも、楽観的な政治家やコメンテーターたちは言った。

「イースターまでには、収束する」

「ただの風邪だ。慌てるな」

「マスクなど、することはない」

が、オセロの黒の攻勢は続いた。三月に入ると、ヨーロッパ、アメリカの都市が次々と陥落。日に日にカウントされる、大量の死者。

絶望の声が、ネットに溢れる。

もうおしまいだ。耐えられない。助けてくれ！

人々は、恐怖の虜になった。

「感染者を晒せ！」

「感染者を監視しろ！」

「感染者を封じ込めろ！」

人々は、躊躇しなかった。この恐怖から逃れることができるなら、自由も人権もプライバシーも差し出していい、……そんな風に思うようになった。

あのヨーロッパが。あのアメリカが。

自由、人権、プライバシーを勝ち取るために、先人たちは多くのものを犠牲にして戦ってきたはずだ。その成果は、謎の風邪の前では、あまりに脆弱だった。

そして、日本でも、緊急事態宣言が決定。四月六日のことだ。そして、その翌日、発令。

今思えば、あれが、すべてのはじまりだった。分岐点だった。

あれから、八十年。

今、私たちは、何不自由なく平和に暮らしている。

少しでも熱があれば、主治医から連絡がくる。働く必要もない。月々、必要最低限のお金が口座に振り込まれる。悩みがあればＡＩが解決してくれ、犯罪も、ＡＩが未然に防いでくれる。

人は、この世界をユートピアという。

が、私には少し、違和感がある。

部屋には監視カメラが取り付けられ、体にはＧＰＳチップが埋め込まれ、外に出れば、監視ドローンがあちこちに飛んでいる。

これが、ユートピアというものなのだろうか？

私には、暗黒郷（ディストピア）にしか見えない。

（二一〇〇年、ある小説家の没収された日記より）

真梨幸子（まり・ゆきこ）

１９６４年宮崎県生まれ。２００５年『孤虫症』で第32回メフィスト賞を受賞しデビュー。２０１１年に文庫化された『殺人鬼フジコの衝動』がベストセラーに。他の著書としては、『人生相談。』『５人のジュンコ』『おひとりさま作家、いよいよ猫を飼う』『初恋さがし』『三匹の子豚』『坂の上の赤い屋根』『縄紋』など多数。

4/7

凪良ゆう

「おまえ、ほんとついてない女だよな」

大吉《だいきち》が頬杖でつぶやき、あたしは湿気《しけ》った煎餅《せんべい》を一口かじった。

本当だったら今ごろ、あたしは書店大賞の授賞式に出席して、今年の大賞受賞作家として一世一代の晴れ舞台に立っていたはずだ。それが自宅で冷戦中の旦那と並んで、ぼうっとテレビを見ている。画面にはでかでかと緊急事態宣言とテロップが出ている。

今年に入って新型コロナウイルスが世界中に蔓延し、あらゆるイベントと共に書店大賞授賞式も中止となり、さらに発表だった本日、日本史上に残る緊急事態宣言が出された。

「でかい本屋とか明日から臨時休業なんだろ？」

「うん、さっき編集からメールきてた」

「授賞式中止はともかく、本屋が閉まるんじゃ手も足も出ないな」

ずっと応援してくれた書店の人たちの無念を思い、あたしは歯を食いしばった。

「あんたも、せっかくの正社員登用取り消しになったんでしょ？」

「さっきメールがきて、元々の派遣も切られた」

「名前に反して、あんたもほんっとついてない男だよね」

会話が一周してしまった。というか朝からもう百周くらいしている。国も仕事も家庭もすべてが緊急事態で崩壊寸前、ここまで重なると嘆く気力もない。大酒を食らって現実逃避したいところだけれど、あいにくあたしはある事情によりそれもできない。

我が家の夫婦仲は二ヵ月前から最悪だ。ちょうどコロナ騒ぎが本格化してきたころ、大吉が同じ派遣会社の女と浮気をしたのだ。こんなときになにやってんのよと、あたしは大吉が収集している美少女フィギュアを真っ二つに折り、長い冷戦に突入した。

「とりあえず俺、明日からバイト探すわ」

「外出自粛中だよ」

「家族が増えるんだから、ぼけっと無職やってる余裕ないだろ」

どきりとした。大吉はあたしの膨らんだお腹を見ている。

「これは食べ過ぎただけだから」

「おまえ、俺のことどんだけバカだと思ってるんだ」

「嫁が妊娠を報告しようとしたその夜に浮気バレしたウルトラ級のバカ」

大吉は黙り込んだ。

「……だよな。そりゃあフィギュアも真っ二つにされるわ」

大吉はおもむろにソファから下り、床に正座をし、申し訳ございませんでしたと土下座をした。たっぷり三十秒ほど経ったあと、それでさ、と大吉が顔を上げた。

「子供の名前、ジョージにしようか」

なんじゃそらと眉をひそめるあたしの耳に、朝から繰り返し聞いて耳にタコな「ヒジョージタイ」「ヒジョージタイ」というアナウンサーの声がきこえる。なるほど、そうきたか。非常時から常時へと、願いを込めた名前とも言える。しかし女だったらどうするのだろう。

ほんとバカなやつ……と、あたしはお腹に手を当てて天井を仰いだ。

世界には危険なウイルスが蔓延《まんえん》し、父は失業中、母の仕事も先行き不安。すべてが非常事態な世に生まれてくるジョージ。あんたも両親に似て運がないのか？

まあ、でも、あんまり心配しすぎないでおこう。あたしたちの船は小さいけど、あんたという新しい命を乗せて、なんとか向こう岸に辿り着くだろう。未来という名の岸から岸へ、遥か昔から、あたしたちはそうして続いてきたんだから。

凪良ゆう（なぎら・ゆう）

滋賀県生まれ。「小説花丸」２００６年冬の号に中編「恋するエゴイスト」が掲載される。翌年、長編『花嫁はマリッジブルー』で本格的にデビュー。２０２０年『流浪の月』で第17回本屋大賞を受賞。その他の著作に、『わたしの美しい庭』『滅びの前のシャングリラ』など。

4/8

静かな緊急事態生活

森 博嗣

世界中大騒ぎになっているようだけれど、僕はもともと人と会わない生活をしているため、変化は皆無《かいむ》。マスクも必要ない。毎日犬と遊んで、模型飛行機や庭園鉄道で遊んでいる。15年ほどまえから完全にテレワークだし、1年間にせいぜい10人程度しか他者と会わない。電車やバスには一切乗らない。人と食事をすることもなく、家族とも食事は別の場合がほとんど。買いものにも出かけない。さすがに2月くらいから、通販で届いた段ボール箱を2日ほど放置するか、消毒してから開けるようにしている。

以前にエッセイで書いたとおり、都会の満員電車は病原体を培養《ばいよう》する装置といえる。大学に勤務していたときも、僕は自動車や自転車で通勤した。誰にも会わずに自分の研究室に籠もる習慣だった。出張では電車に乗ったが、人混みは空気が臭う。東京で電車に乗るたびに危険を感じた。

満員電車や人混みから逃れるため、15年まえに大学を辞めた。原子力発電所から遠い場所、水害や土砂災害のない場所へ引っ越した。以前は風邪をよくひいたけれど、田舎《いなか》に引っ込んで以来、一度もひかない。

書きたいことも言いたいこともない。依頼されたから、今これを書いている。ただ、1つだけ書いておきたい。誰か、もう指摘しただろうか。ニュースを見るかぎり、「致死率」を、死者÷感染者で計算しているようだけれど、死者÷（全快者＋死者）が正しいのでは？　感染が拡大している段階では、感染者の大半は、治るか死亡するかまだわからない人数だからだ。

僕から見ると、みんなはつながりすぎ、ソーシャルディスタンスが近すぎ、なにかというと「会」や「式」や「祭」をしすぎ、酒を飲んで騒ぎすぎだったので、15年まえに、しかたなく緊急事態宣言を自分に出した。おかげで好きなことができる毎日になった。自由と安心を得るためには、自分で考えて実行するしか手立てはない。僕は誰も非難しない。国が悪いと憤《いきどお》ることもない。誰にも関らず、国からも遠ざかっただけだ。

森　博嗣（もり・ひろし）

工学博士。１９９６年『すべてがＦになる』で第１回メフィスト賞を受賞しデビュー。ミステリィ、ＳＦ、エッセィのほか新書も多数刊行。著作についてなど、詳しくはホームページ「森博嗣の浮遊工作室」(https://www.ne.jp/asahi/beat/non/mori/)

4/9

志駕 晃

「四月九日木曜日、時刻は八時になりました。お早うございます。垣島《かきじま》武《たけ》史《し》です」

非常事態宣言が発出されても、ラジオの生放送は止められない。スタジオに入る時は体温チェック、さらに目の前には透明なアクリル板が設置されている。拘置所の接見室のようなアクリル板は、向こう側に座る女子アナとの飛沫感染を防ぐためのものだった。

「お早うございます。アシスタントの山口《やまぐち》美《み》穂《ほ》です。今日の天気は晴れ、最高気温は十八度、夜には俄《にわか》雨《あめ》が降るかもしれません」

そんなアクリル板があっても、ラジオのスタジオはとても狭く、防音上密閉されている。

しかもこれから三時間喋りっぱなしなので、「三密」は避けられない。

「人との接触を八割減らすと言ってるけど、国と東京都の足並みが揃っていないね。都知事が具体的な自粛要請を示すらしいけど、昨日僕が入ったお店には、『当店は従業員の給料を払うために、今後も営業します』という貼り紙が貼ってあったよ」

「お店の方も生活がありますからね」

「自粛している人がしていない人を非難したり、街に出てる老人と若者がいがみ合ったり、なんか殺伐としたことが多いよね」

「映画を見ているみたいで怖いですね」

不安を煽《あお》るテレビのコメンテーター、ネットでも過激な言葉が飛び交っている。しかし生活に寄り添うラジオはそれではいけない。

「この番組は、いつも通りバカバカしくやりたいよね。笑っていれば免疫力は上がるらしいから」

垣島が微笑みながらそう言うと、アクリル板の向こう側に可愛らしい笑顔が咲いた。

「垣島さんの言う通りですね」

ＣＭに入ると美穂から話し掛けられた。

「私こんな非常時には、真面目に放送しないといけないんだと思ってました。でもこんな時だからこそ、くだらない放送がいいんですよね。私、垣島さんを見直しました」

その言葉に軽いショックを受ける。そんなに普段の放送はくだらなかっただろうか。確かにダジャレや下ネタは少なくないが。

「ま、まあそうだよ。こういう時こそ、人間の器の差が出るからね」

「ゴホン」

その時、美穂が咳をした。

垣島は大きく目を見開き、その目線が宙を舞う。

「俺、ちょっとトイレに行ってくるわ」

志駕 晃（しが・あきら）

１９６３年生まれ。明治大学卒業。第15回「このミステリーがすごい！」大賞・隠し玉として『スマホを落としただけなのに』で２０１７年にデビュー。同作は北川景子主演で映画化され大ヒットした。他の著書に『ちょっと一杯のはずだったのに』『あなたもスマホに殺される』『オレオレの巣窟』『私が結婚をしない本当の理由』などがある。

4/10 アメフラシを採りに

青柳碧人

ヒノシマボタモチは、熊本県の八代海《やつしろかい》にしか生息しないアメフラシの仲間だ。狩堂《かりどう》博士は、専門家でも知る人の少ないこの生物について、何十年も前から研究を重ねてきた。博士のレポートが厚生労働省を驚かせたのは、つい三日前のことだ。

ヒノシマボタモチから抽出される「ボタG」という成分に、目下世界を恐怖に陥れているあのウィルスを減退させる力があるというのだった。送られてきた実験データを見る限り、その効果は明らかだった。だが問題が一つあった。ボタGを持っているのは、ヒノシマボタモチのうち、わずか０・１％だというのである。

博士によれば、江戸時代中期には八代海全体の少なくとも80％のヒノシマボタモチがこの物質を有していたが、世代を経るごとに淘汰されていったようだ。もし、江戸時代にさかのぼって二十四ほど採取してくることができれば、養殖によりボタＧ安定供給の道が拓けるかもしれない——厚労省の役人が、わが、日本テクノロジー大学大学院・永田《ながた》研究室の戸を叩いたのは、そういういきさつからだった。時空移動をテーマとする当研究室は、極秘研究の成果として、昨年末、ついに時空スーツを完成させていたのだ。

そして今、私、天《あま》比《び》栄一《えいいち》は永田研究室を代表し、深夜一時の八代海に浮かぶ船の上で、時空スーツを着込んだ狩堂博士と向かい合っている。

「ばってん、こんスーツはどぎゃんやろ。ウロコんごたる、びらびらと」

「すべて必要なパーツです。ご理解ください」

「角ばったゴーグルも口ばしんごたるマスクも髪の毛んついたヘルメットも、みんな、好かんばい」

「顔と頭を時空摩擦から守るためのものです。ヘルメットのＯＴプラチナファイバーは、一本でも抜けたらこの座標に戻れなくなりますので、ご注意を」

「注文、多か」

文句を言いながらも、博士は船べりに足をかけ、海の中へ飛び込んだ。海面から顔だけを出して浮いている博士に向かい、私は念を押す。

「江戸時代の人に、絶対に見つからないように」

「わかっとる。ま、見つかったら、あんたん名前ば使うてごまかすけん」

ざぶんと暗い海に潜っていく博士。二秒もしないうちに海中から、昼間のように明るい光の柱が上がった——。

肥後国海中江毎夜光物出ル
所之役人行見るニ　づの如之者現ス
私ハ海中ニ住アマビヱト申者也（後略）
——弘化三年四月中旬　瓦版

＊出典「京都大学貴重資料デジタルアーカイブ」

青柳碧人（あおやぎ・あいと）

１９８０年生まれ。早稲田大学教育学部卒業。早稲田大学クイズ研究会ＯＢ。『浜村渚の計算ノート』で第３回「講談社Ｂｉｒｔｈ」小説部門に入賞しデビュー。『猫河原家の人びと』『家庭教師は知っている』『未来を、11秒だけ』など著作多数。『むかしむかしあるところに、死体がありました。』は２０２０年本屋大賞にノミネートされた。

4/11

プリンセス

秋吉理香子

「ママはプリンセスじゃなくなったの？」

最近、小二の息子に聞かれた。

これまで仕事の時といえば、髪はゆる巻きのハーフアップで、上品なアクセサリーにレースやシフォンのワンピースが定番だった。それが近頃は青のヘルメットにピタピタのサイクルジャージ、エルボーパッドとニーパッド、そして大きな赤のリュック型ボックスを背負っている。

息子はお絵描きが好きで、よくプリンセスの私を描いていたが、ふと気がついたのだろう。しばらくプリンセスになっていないと。

今日も私は自転車に乗り、依頼のあった店へと急ぐ。出来たての食事を受け取り、指定された家へ配達するのが今の仕事だ。

結婚式や宴席の司会の仕事は二月から減り始め、三月下旬までにゼロになった。去年、離婚を決意できたのは仕事が順調だったからで、むしろ仕事をセーブしなくて良くなった分、自由にできるお金は多くなった。息子も「パパがいない方が、ママがたくさんプリンセスになってくれる」と喜んでいたほどだ。

でも今は無収入で、貯金も心細い。どんどん求人も減っていて、やっと見つけたのが出前の配達代行だった。オンライン登録し、代行会社のロゴが入った保温保冷ボックスが届けば始められる。一日中留守番をさせるのは不安なので、昼食時と夕食時にだけ働けるのが魅力だった。

始めた頃はキツかった。長時間自転車をこぐので足はパンパンになり、道に迷い、配達に遅れて怒鳴られ、雨の日に自転車ごと転んで泥だらけになった。偶然にも苦手なママ友の家が配達先だった時には「へーえ、大変だねえ」と鼻で笑われた。クソくらえ、と心の中で中指を立てておいた。強くなったと思う。

今では楽しみながら仕事をしている。だけど息子がどう思っているかはわからない――どんどん日焼けし、足腰に筋肉がつき、逞しくなっていく母のことを。きっとまた、プリンセスに戻ることを望んでいるんだろうけど。

今日も夜まで働き、汗だくで帰宅した。

「おかえり」

いつものように食卓でクレヨン画を描いていた息子が、笑顔で迎えてくれる。

「今日は何を描いてたの？」

「ママだよ」

「わあ、見せて見せて」

のぞき込んで――息を呑んだ。

それは青く輝くヘルメットにパワードスーツ、そして真っ赤なボックス型のミサイル装置を背負ってそそり立つ、勇ましい私の姿だった。

「ママはスーパーヒーローのプリンセスになったんだよね」

息子が笑った。
心から誇らしげな笑顔だった。

秋吉理香子（あきよし・りかこ）
早稲田大学第一文学部卒業。ロヨラ・メリマウント大学院にて映画・ＴＶ製作修士号取得。２００８年「雪の花」で第３回Ｙａｈｏｏ！ＪＡＰＡＮ文学賞を受賞し、翌年受賞作を含む短編集『雪の花』でデビュー。『暗黒女子』は映画化もされ、多くのファンを摑んだ。そのほかの著書に『聖母』『絶対正義』『ガラスの殺意』『灼熱』などがある。

4/12

砥上裕將

「年をとると、春になって、桜を見ることができるというのが、どのくらい有り難いことなのかよく分かるよ」

と、母はこちらに小さな背中を向けながら言った。

はあ、なるほどそういうものなのか、と聞き流した言葉だったが、なぜだか桜を見る度に、思い出すようになった。

二十代の頃の僕にとって、桜はただ描くための画題でしかなかった。

それから少なくない月日が流れて、二十代が終わり、桜を描けるようになり、桜を描きたいという情熱が消え去ると、やっと桜を眺められるようになってきた。

桜を分析し見つめるのではなく、ただその木の下に佇《たたず》み眺める。一つ一つの花を細かく見つめ、スケッチをする時のように形を調べ、枝ぶりや花の重さや揺れ方を見るのではなく、ただ遠くにあるものとして眺める。

そうすると、自分が桜を描くために費やした時間や、情熱や、そのすべての瞬間が胸に迫るように立ち現れるようになった。

長い時間の中にちりばめられた幾つものエピソードが、一瞬で桜と共に胸の内側から甦《よみがえ》って来た。不思議なことだけれど、それでいて、僕は自分の人生で一番新しい時間の中にある桜を見ていたのだ。

終わりと始まりが綺麗に結ばれるようなそんな感覚を、僕は桜の木の下で感じていた。すると言葉にし難い妙に清らかな感覚が、いまを生きているのだなあという実感とともに心に現れてきた。

桜の花が風に揺れた時だった。

あれが「春になって、桜を見る」ということだったのだろうか。

母が言っていた「有り難いこと」というのは、積み重なって来た人生が、一瞬にして立ち現れてくるあの瞬間のことなのだろうか。

無数の花々が、春の穏やかな風と、桜の背景に映る水色の空と、これまで経てきた数限りない出来事と一緒に目の中に飛び込んでくるとき、桜はただ花を眺めること以上の意味を持って、胸に迫ってくるものなのかも知れない。

今年は去年と同じように桜を眺めることは難しくなってしまった。けれども春になると思うことはいつも同じだ。

自室の汚れた窓に映る遠い桜を見ていても、春になると、幾つものことを思い返す。思い返すことで、春の中にいて、自分もまた巡りくる春と四季と自然の一部なのだと感じられる。

そして、時を重ねて来たこと、ただ単に生きていることにすら、言葉に出来ないほど深く感謝している自分に気付く。

砥上裕將（とがみ・ひろまさ）

1984年生まれ。福岡県出身、水墨画家。『線は、僕を描く』で第59回メフィスト賞を受賞しデビュー。

4/13

会社に行きたい田中さん

朱野帰子

田中さん、あんたに言いたいことがある。ずっと言えなかったことを今夜こそ言う。会社にはもう行くな。今日から三十五日前の三月九日、うちの会社は他社より早く社員全員に自宅勤務を命じた。感染リスクの低い家の中にいられることになったんだ。なのに、なぜあんたは会社に行こうとする？　「ノートＰＣの画面が小さい」からと出社したのは自宅勤務になって二日目だったよな。ネットに繋がらないから何とかしてと俺まで呼び出した。家にいろ！　3・11を思い出せ。交通機関は寸断され、放射性物質はこの首都圏の上にも降ってきた。だがみんな出社するしかなかった。次の災害時には社員の命を第一にとの思いから、総務部は地道にテレワークができる環境を整えてきたんだ。なのに九年後の同じ日、あんたは「請求書にハンコを押さないと」と出社した。四月一日には「こんな時だからこそ新人歓迎会を開こう」と言い出した。お前はコロナから給料をもらってんのか？　俺が新人なら即ＳＮＳに通報だ。若者を巻きこむなよ。……要するにあんたは家に一人でいられないんだ。奥さんが出て行ってから三年、あんたは孤独を埋めるためなら何でもした。余計な残業を増やし、部下たちを帰らせなかった。今だって会社に行きさえすれば仲間に会えると思ってるんだろう。だが、幻想だ。コロナが始まる前からあんたには仲間なんかいない。部下は皆、横暴なあんたが嫌いだった。その筆頭が俺だ。退職願を出したのは国内で初の感染者が出た日だ。「じきに在宅勤務が始まる。田中とも離れていられる」と部長に宥められて思いとどまったが、距離ができた今でも、あんたは俺をＺｏｏｍ飲みに誘う。断れない自分が嫌だった。いっそコロナにかかってくれと願った時さえあった。だが、そうなったら負担が行くのは保健所や病院だ。大嫌いな上司の健康を俺は願わなきゃいけない。それに三十六日間あんたの晩酌につきあううち、俺は気づいたんだ。どうやら同僚たちは俺を外してＺｏｏｍ飲みをしている。自分にも仲間なんてものはいなかった。ずっと一人ぼっちだったらしい。だから今あんたに死なれちゃ困るんだ。もう会社には行くな！　資料をプリントするのは家でもできる。寂しさに耐えて生き延びろ。煙たくて混雑した店の中で焼き鳥を食える日が来る。一ヵ月後にはそうなっているだろう。その時は仕方がないからつきあってやる。約束するから、だから会社にはもう行くな。

朱野帰子（あけの・かえるこ）

東京都生まれ。２００９年『マタタビ潔子の猫魂』で第４回ダ・ヴィンチ文学賞大賞を受賞しデビュー。主著に『駅物語』『わたし、定時で帰ります。』など。

4/14

2020年4月14日の大癋見警部

深水黎一郎

大癋見《おおべしみ》警部が外出しようとしているのを目の端で捉えた海埜《うんの》警部補は、慌てて後を追いかけた。

「警部、どちらへ行かれるのですか?」

一課の大部屋の出口付近でつかまえることに成功した。ソーシャルディスタンスを考慮して、少し離れたところに立つ。まあ元々、あまり近くに寄りたい人ではない。

「本屋だ」

いちおうマスクはしているが、顔がでかすぎるためか、ものすごーく小さく見える。

「本屋?　何でまた?」

「ワシの活躍を記録した二冊目の本『大癋見警部の事件簿リターンズ　大癋見vs.芸術探偵』

の光文社文庫版が、本日発売なのだ」

「自粛して下さい。書店に並んでいるところを見たい気持ちはわかりますが、それは不要不急の外出に当たります」

海埜が窘めると、警部はぎろりと目を剝いた。

「うるせえ！　ワシにとっては必要大至急だ！　それにそもそもワシは、インフルエンザにもかかったことがない。ウイルスの方が逃げるんだ、わはははは」

「駄目です。たとえ自分は発症しなくても、周囲に広める危険がありますから、外出は自粛しましょう」

「てめえこら！　人を中間宿主みたいに言いやがって！」

あいかわらずの傍若無人。中間宿主という言葉の理解も間違っているが、今はそれどころではない。歩くクラスターのようなこの人を、街に解き放ってはいけない。

「駄目です。本はなくなりません」

「いや、なくなるんだなあ、これが」警部は駄々をこねた。「前作も、あっという間に書店の店先から消えた。大好評で売り切れたのか、返本になったのかは知らんが」

「ですが、どっちにしても四月七日の緊急事態宣言以降、都内の大型書店はどこも休業中ですよ」

「くそ、そうだった！」

本当に忘れていたらしく、地団駄を踏む。

「間の悪い時に文庫化しちまったなあ。緊急事態宣言が明ける頃には、もう新刊扱いじゃなくなってるじゃないか！」

「それは本によると思いますが……」

「畜生、不便でしょうがないな。外出できないとなると、丑の刻参りにも、スイカどろぼうにも行けないじゃないか！」

そういう誰にも会わないのは良いですけど、とうっかり言いかけて、海埜は慌てて口を噤んだ。いま俺は何と言いかけた？　書店行きを否定し、スイカどろぼうを肯定しかけなかったか？　善悪の基準がおかしくなること。これがパンデミックの本当の怖さか――。

「いつでも好きな時に好きなところへ行ける日常が、早く戻るといいな」

「そ、そうですね」

珍しくまともな言葉に一瞬自分の耳を疑ったが、海埜はこの係に配属されて以来、初めて上司の言葉に心から同意した。

深水黎一郎（ふかみ・れいいちろう）

１９６３年山形県生まれ。２００７年に『ウルチモ・トルッコ』で第36回メフィスト賞を受賞してデビュー。２０１１年に短編『人間の尊厳と八〇〇メートル』で第64回日本推理作家協会賞を受賞。２０１５年刊『ミステリー・アリーナ』が同年の「本格ミステリ・ベスト10」で第１位に。近著に『倒叙の四季　破られた完全犯罪』『虚像のアラベスク』『第四の暴力』『犯人選挙』などがある。

4/15

走りだせない日

有栖川有栖

担当編集者の教えを受け、パソコンでビデオ通話ができるようになったので、さっそく東京と大阪に居ながらにしてウェブ打ち合わせをする。新作長編の構想がまとまっていない私に向け、心安い編集者は「頼みますよ、有《あり》栖《す》川《がわ》有《あり》栖《す》先生」と、いつにない先生付けで激励だか叱《しっ》咤《た》だかを飛ばして画面から去った。

焦《あせ》る。焦って悶々《もんもん》とするうちに、今日が友人・火《ひ》村《むら》英《ひで》生《お》の誕生日であることを思い出して、覚えたてのテクノロジーで祝いの言葉を伝えることにした。

「やっと文明の利器を覚えたのか、アリス。俺の誕生日よりそっちの方がめでたい」

二十歳以来、十四年の付き合いだ。相変わらず私に対してだけは口が悪い。

大学生の頃から京都の北白川《きたしらかわ》の下宿で暮らす男は、母校の社会学部准教授となり、警察の捜査に協力することをフィールドワークとして研究を続けている。

「真面目な顔で言うな」と言ってから、友人の表情には微かな翳《かげ》があるのに気づく。「……もしかして、そっちは不慣れなリモート授業に手こずってるか？」

「オンラインで講義を始めようとしたら、支障が出て全校的に中止になった。そんなことじゃなくて、七十代の婆ちゃんが心配なんだよ。この緊急事態下、俺は絶対、新型コロナウイルスに感染できない」

店子《たなこ》としてお世話になっているのは、今や火村だけ。重責を感じるのも無理はない。

「警察から『先生、摩訶不思議な事件です！』と連絡が入っても、現場へ出られへんな。リモート探偵をするしかないか」

「やるさ。いつでもＯＫだ」

そんな事態を心待ちにしているのか、犯罪学者は静かに微笑した。部屋にこもりっぱなしで腕が疼《うず》いているのかもしれない。

通話を終えて、ふうと溜め息をつく。

外出自粛のせいで公私とも予定が次々にキャンセルになり、執筆に専念できる絶好の環境が整ったのに、書けずにいるのがもどかしい。いつも渋滞している道からすべての車が消え、一直線に延びる高速道路を独り占めできるのに、エンジンが掛からずに立ち往生しているかのようだ。

事件の報を待つ火村も運転席でステアリングを握ったまま、がら空きの前方をにらんでいるのだろうか？　走りたい、走らせろ、と焦燥に近いものを感じながら。

そんな２０２０年４月15日。

有栖川有栖（ありすがわ・ありす）

１９５９年大阪府生まれ。同志社大学法学部卒業。１９８９年『月光ゲーム　Ｙの悲劇’88』でデビュー。２００３年『マレー鉄道の謎』で第56回日本推理作家協会賞、２００８年『女王国の城』で第８回本格ミステリ大賞、２０１８年「火村英生」シリーズで第３回吉川英治文庫賞を受賞。本格ミステリ作家クラブ初代会長。

4/16

「魔女か、女神か」

海堂 尊

俺は終田千粒。売れない作家だ。ちなみに「ついた・せんりゅう」と読む。

世はコロナで自粛のオンパレードだ。経営が苦しい版元はこれ幸いと、打ち合わせと称する接待をカットしてきた。飯ばっか食って作品を書かない食い逃げ作家を排除するいい機会だと思ったのだろう。だが自粛は真面目な作家にとっては通常運行、無問題。

これからは俺みたいに本道に邁進《まいしん》する、真の作家の時代がくるのだ、ふははは。

なんて思っていた。ついさっきまでは。

すると、作家の鑑《かがみ》である俺の目の前に、白髭の老人が煙のように現れた。

「余は神ぢゃ。余は横暴な人類を滅ぼそうと決意した。ぢゃがその前に、作家の本道に専心している汝《なんじ》にラスト・チャンスをやろう。一度しか言わんからよく聞け。コロナが蔓延した今も、安保《あぼ》首相は三千億円の追加を払ってでも五輪開催に執着しておる。ぢゃが、いのちかカネかの選択で、カネを選ぶなら余が人類に鉄槌《てっつい》を下す。頼みの綱は小日向美湖《こひなたみこ》・東京都知事の造反ぢゃが、これは五分五分ぢゃ。彼女には幼稚な安保宰三《さいぞう》と同じ、自分の欲しか考えない魔女の顔と、人々を愛する女神の顔という、ふたつの顔がある。厄介なことに、最終決定をするときに彼女がどちらの顔になるかは、神である余にもわからぬ。ぢゃが、それを見分ける方法がひとつだけある。七月の都知事選で公約に『五輪中止』を掲げれば女神、『五輪実施』と言えば魔女の決断ぢゃ。汝はその前にそれを仄《ほの》めかした作品を書いて大ベストセラーにして、事前に魔女の選択を忌避《きひ》させるのぢゃ。急げ。都知事選が始まる六月の前までに出版せねば、このお告げの効力は切れるぞよ」

白髭の老人は、現れた時と同じように、煙のように姿を消した。

夢か？　だが俺の脳裏には老人の言葉がくっきり残っている。今日は四月十六日。

五月中に刊行するには二週間で執筆せねば。やれるのか、俺？

大丈夫、俺はネタさえ思いつけば一日百枚は書ける。

やろう。人類を救うためだ。こんなのサララのラーで書き上げてみせる。

だが高揚した俺は次の瞬間、頭を抱えた。忖度《そんたく》検閲国家の今の日本でこんな作品を出してくれる版元があるはずがない。加えて先日俺は、帝国経済新聞の健康サイトの連載エッセイでちくりと厚労省を批判し、「該当不遜箇所ヲ削除セヨ。サモナクバ掲載不可」と警告されたが、従わなかったので、ボツを食らった。

今頃は大手新聞や大手版元に、俺の作家破門状が回っているはずだ。

どうすればいいのだ。このままでは人類が滅びてしまう。

ああ、この世には神も仏もないのか。

海堂 尊（かいどう・たける）

１９６１年生まれ。医師、作家。２００６年『チーム・バチスタの栄光』で第４回「このミステリーがすごい！」大賞を受賞、作家デビュー。桜宮サーガ・シリーズは累計１０００万部を超える。Ａｉ（死亡時画像診断）の概念提唱者で、関連書に『死因不明社会２０１８』がある。『ブラックペアン１９８８』『ジーン・ワルツ』『螺鈿迷宮』等、映像化作品多数。現在、キューバ革命を描く「ポーラースター」シリーズを刊行中でシリーズ最新作は『フィデル出陣　ポーラースター』。本ＳＳの続編にあたる桜宮サーガ・シリーズ最新刊『コロナ黙示録』は賛否両論、物議を醸し、２０２０年10月現在、４刷２万１０００部となっている。

4/17

周木 律

1970年春、ケネディ宇宙センターから1基のロケットが打ち上げられた。

アポロ13号だ。アポロ計画3度目の有人月面着陸をミッションとして意気揚々と地球を飛び立った宇宙船は、しかし約2日後、予想外の事故に見舞われる。

機械船の酸素タンク爆発である。

これにより、酸素タンクと燃料電池のすべてと、2つあった電力供給ラインのうちの1つが使用不能となってしまった。もちろん月面着陸は不可能、それどころか宇宙飛行士たちの命すら危ぶまれる事態となった。

地球に帰還するには、月をぐるりと周回して戻ってくるルートが安全だ。だがそのためには約4日間という時間を要する。その間、飛行士たちはいかにして生き延びるのか。

管制センターは、飛行士たちにまず着陸船に移動するよう指示する。着陸船を救命ボートに見立てたのだ。

しかし着陸船は、2日間の有人月面着陸を行う目的で作られたものであり、3名の飛行士が4日間滞在するにはさまざまなものが不足していた。まず電力、そして水だ。酸素は十分な量が備わっていたのが不幸中の幸いだったが、一方で着陸船には毒性のある二酸化炭素を除去する能力に限りがあり、これをどうするかも大きな問題となった。

飛行士たちは、数多の問題に、知恵と忍耐、そして勇気とともに立ち向かった。電力の消費を抑えるため船内温度をぎりぎりまで下げ、水を飲むのも最低限にした。司令船用のフィルターも、着陸船の濾過《ろか》装置に取り付けられるよう手作りした。

かくして着陸船は、楕円軌道を描きながら地球へと帰還。過酷な環境に耐えた3名の宇宙飛行士たちも全員無事に生還した。4月17日のことだった。

「栄光ある失敗」とも称えられるこの事故は、僕たちにふたつのことを教えてくれる。

ひとつは、どんなに準備していてもピンチに陥る可能性があること。

もうひとつは、そのピンチを脱する方法は必ずあるということだ。

僕たちは時として、唐突に窮地に追い込まれる。すべてが順風満帆に思えていたある日、突然、ぬかるみにはまるように危機的状況に立たされるのだ。

けれど、絶望する必要はない。なぜなら、その苦境から脱け出る方法は必ずあるはずだからだ。

そのためには、飛行士たちのような知恵と忍耐が必要かもしれない。それでも、勇気を持って立ち向かえば、その壁は必ず乗り越えられる。

アポロ13号は、地球に還ってきた。

僕たちも、知恵と忍耐と勇気を持って立ち向かおう。

周木 律（しゅうき・りつ）

２０１３年『眼球堂の殺人～Ｔｈｅ Ｂｏｏｋ～』で第47回メフィスト賞を受賞しデビュー。本作は「堂シリーズ」として人気を博し、『大聖堂の殺人～Ｔｈｅ Ｂｏｏｋｓ～』で完結した。そのほかにも『不死症』から始まる「症シリーズ」など著作は多数。最新刊は『小説 Ｆｕｋｕｓｈｉｍａ 50』。

4/18 絶望と希望

瀬名秀明

私は朝九時半に仙台の事務所で待機していた。私はこの日、うつ状態による休みを経て一ヵ月ぶりに仕事を再開したのだ。ＮＨＫの指針も急速に変わり、中村幸司《なかむらこうじ》解説委員以外の四名全員はリモート出演となった。スカイプでＴＶに出るのは初めてのことだ。

堅達京子《げんだつきょうこ》プロデューサーによるＢＳ１スペシャル「ウイルスＶＳ人類２」の収録である。岡部信彦《おかべのぶひこ》、河岡義裕《かわおかよしひろ》、大曲貴夫《おおまがりのりお》各氏に治療薬開発について聞く。私は司会役に徹する。第一回のゲストは押谷仁《おしたにひとし》、五箇公一《ごかこういち》両氏で、私と中村氏が続投。前回の収録は三月一一日、東日本大震災の日だ。翌一二日未明にＷＨＯはパンデミックを宣言する。専門家会議の押谷氏に詳しく話を聞けた最後の機会だったと思う。

三月、私の出演した『１００分ｄｅ名著 アーサー・Ｃ・クラークスペシャル』が放送されていた。想定される視聴者の①ＳＦ初心者、②ライトＳＦファン、③コアなＳＦ読者のうち、私は①②を対象とするが③の人々の心情にも配慮し慎重にふるまうと事前に決めた。番組は①②の層から歓迎されたが、予想通り③からの反応はほぼ無視ないしマウント行為だった。私は三月下旬、うっかりツイッター上で③の層からの私のミス指摘を見てしまった。たったひとつのミスですべての努力は瓦解し非難に晒されるだろう、どんなに提言してもＳＦ社会は変わらないではないか、と瞬間的に感じた。自分、周囲、将来への否定的認知だ。絶望感に囚われ、急速に六年前のうつ状態が再発し、主治医からは一ヵ月すべての仕事を休んだ方がよいと助言を受けていた。

　一ヵ月間、原稿は書けなかった。だがその間に『結局、自分のことしか考えない人たち　自己愛人間への対応術』という本を手に取り、デビュー以来ずっと私が苦しんできたものが何だったのか初めてわかったように感じ、少し落ち着いた。ツイッター上に渦巻く政策批判も一歩退いて見られるようになった。誤解なきよう強調しておくが③の層すべてが自己愛人間ではないし、私はミスを指摘して下さった方を決して怨みもしない。また真摯に問題共有し迅速に公式サイトへ訂正・お詫び文を掲載して下さったテキスト編集部、番組プロデューサーの皆様には感謝している。この番組に参加できて本当によかったと思う。

　前週に観たＥＴＶ特集でフランスの思想家ジャック・アタリの唱える「利他の精神」が紹介されていた。キャスターから「あなたは一貫した楽観主義のようだがそのポジティビズムはどこから来るのか」と問われ「ポジティビズムと楽観主義《オプティミズム》は違う。ポジティブに考えて生きることは楽観主義ではない」と彼が答えたのに感銘を受けた。それはすなわち人間らしい想像力と希望を持って生きることだ。ＳＦ作家クラークは楽観的な懐疑主義者を標榜していたが、いまはそれだけではだめなのだ、クラークに学びつつも自己愛の限界を越えてその先を想像すべきだと感じた。

《楽観的にならないこと、悲観的にならないことで、もっとも大事なことは絶望しないことです》――二〇〇九年に押谷氏から聞いた言葉だ。番組プロデューサーは司会役の私がアタリに言及することに賛同してくれた。

　私は、だから文学に対し楽観も悲観もしない、絶望もしないと決めた。ただ希望を持つ。

私はこの日から原稿を書き始めた。読者に楽しんでいただくために。

瀬名秀明（せな・ひであき）

１９６８年静岡県生まれ。東北大学大学院薬学研究科博士課程修了。薬学博士。１９９５年、『パラサイト・イヴ』で第２回日本ホラー小説大賞を受賞し、デビュー。１９９８年、『ＢＲＡＩＮ　ＶＡＬＬＥＹ』で第19回日本ＳＦ大賞を受賞。２０１１年、日本ＳＦ作家クラブ会長に就任し、２０１３年に辞任、退会。パンデミックに関する著作に『パンデミックとたたかう』（共著＝押谷仁）、『インフルエンザ21世紀』、近年の著書に『魔法を召し上がれ』『ポロック生命体』がある。本文中の番組内容を再録、および瀬名による書き下ろし論考を第三部に収載した書籍『ウイルスＶＳ人類』が後に刊行。またシリーズ全四回のうち瀬名が三回出演した本番組《ＢＳ１スペシャル　シリーズ　ウイルスＶＳ人類》はＮＨＫ放送総局長特賞を受賞した。

4/19 その日、山崎岳海《やまざきたけみ》は

中山七里

「コロナのクソッタレ」

山崎はこの日二十五回目の罵倒《ばとう》を口にした。広域指定暴力団宏龍会《こうりゅうかい》のナンバー3ともあろう者がウイルス相手に因縁を吹っ掛けるのもどうかと思うが、腹が立つのだから仕方ない。

実際、緊急事態宣言が発出された七日からこっち、組の収益は壊滅状態となっている。飲食店が自粛で閉店してみかじめ料が取れず、観光地や祭りに屋台が出せないからテキヤ商売もあがったりだ。経済的事情だけではない。そもそも刺青《いれずみ》やらヤクで針を使い回すヤクザにはウイルス性肝炎に罹《かか》っている者が少なくない。また刺青自体が新陳代謝を下げているので免疫力の低下を招いている。ヤクザにとって新型コロナウイルスは不倶戴天《ふぐたいてん》の仇《かたき》だった。

しかも宏龍会会長は高齢に加えてヘビースモーカーなので人一倍コロナウイルスを怖れている。都知事が要望するまでもなく三密（密閉・密集・密接）は禁ずると通達してきた。

この通達に難色を示したのが山崎を含めた幹部連中だった。幹部は組員の行動を把握するため本部に顔を出す義務があるが、広くもない事務所に組員が密集するのは危険なので取りやめになった。密閉された事務所にいては感染リスクが高まるので縄張りに出ろと命じられた。それだけではない。幹部には常時五人以上の警護がついていたが、これも密接を防ぐ目的で外された。三密を排除することによって哀れ幹部は単独で縄張り回りをさせられる羽目になったのだ。「ステイホームや」と会長は号令を発しておきながら、一方では山崎たちの尻を叩いて地回りをさせている。

何にでも終わりがある。山崎は、宏龍会が終焉《しゅうえん》を迎えるとすれば警察による一斉検挙か対立組織との全面戦争だと予想していたが、まさかウイルスに壊滅させられそうになるなどとは想像さえしなかった。

仕方なく新宿歌舞伎町に出掛けると、運悪くチャイニーズ・マフィアが堅気《かたぎ》と揉めている現場に遭遇した。山崎が俠気を出してその場を収めようとしたまではよかったが、結局はマフィアともども逮捕され新宿署の留置場に放り込まれて現在に至る。

「コロナのクソッタレ」

同じ檻《おり》に入れられたマフィアたちが昨夜から体調不良を訴えている。片言の日本語で、出された食事の味が分からないと訴えている。

房の中は密閉・密集・密接だ。山崎は恐怖に震えながら顧問弁護士の到着を今か今かと待っている。

「早く来てくれ、御《み》子《こ》柴《しば》先生」

中山七里（なかやま・しちり）

１９６１年岐阜県生まれ。２００９年『さよならドビュッシー』で第８回「このミステリーがすごい！」大賞を受賞し、２０１０年１月デビュー。２０２０年は、作家デビュー10周年を記念して前代未聞の新作単行本12ヵ月連続刊行を実施。近著に『騒がしい楽園』『帝都地下迷宮』『夜がどれほど暗くても』『合唱　岬洋介の帰還』『復讐の協奏曲』などがある。

4/20

×××××の〇〇殺人事件

法月綸太郎

非常事態宣言から明日で二週間、もっと前から外出を控えているので床屋が恋しい。そんな毎日だから、不要不急のことを書く。

G・K・チェスタトンの名探偵ブラウン神父シリーズに「ヴォードリーの失踪」という短編がある（第四短編集『ブラウン神父の秘密』に収録）。創元推理文庫新版の扉で、「常識をはるかに超えたユーモアと恐怖の底に必然的な動機がひそんだ」と紹介されている佳品だ。「ユーモアと恐怖」に彩られた電光石火のトリックに目を引かれがちだが、むしろ後半の「必然的な動機」の邪悪さが物語の肝だろう。犯行動機そのものにまつわるＷＨＹではないけれど、シオドア・スタージョンの変格ミステリ「考え方」に引けを取らない、「目には目を」の異様な発想があるからだ。

ところが惜しいことに、このネタは完全に後出しなのである。一番大事なデータが最後まで伏せられていて、それ抜きでは真相を推理できない。せめてもう少し伏線があれば……と思っていたのだが、数年前この短編集を読み返した時、「おや、これはひょっとして？」と気になったところがある。

『ブラウン神父の秘密』は枠物語の形式になっていて、巻頭にブラウン神父が自らの推理法について語る同題のプロローグが置かれている。このプロローグには妙な記述があって、どういうわけか「ヴォードリーの失踪」の犯人の名前が本編より先にバラされているのだ。

「あるいはアメリカでもよく知られている××××の○○殺人事件、こうした事件はかなりのセンセーションをまき起こしたものです」（中村保男訳、前掲書一五頁）。作者本人が堂々と明記しているので隠さなくてもいいのだが、ここでは一応エチケットとして伏せ字にしておく。

気になったのは、本編より前に犯人の名前（××××）がバラされていることだけでない。実は「○○殺人事件」というのが重要で、「○○」という語を物語の空白（不足）部分に当てはめると、ホワイダニットの解明に必要なデータを逆算して、犯人と被害者のいびつな関係を推定することが可能になる。わかりにくい書き方で申し訳ないけれど、現物に当たれば何が言いたいか、一目瞭然のはず。

　このプロローグは収録短編を一冊にまとめる際、後から書き下ろしたものである。だとすれば、「逆説の巨匠」チェスタトンがわざわざこういう自爆めいた記述を書き加えたのは、先に犯人を明かしたうえで、それを上回る「意外な動機」を当ててみろと探偵マニアに挑戦するためだったのではなかろうか？　なので、これから「ヴォードリーの失踪」を読もうという読者は、プロローグの記述をしっかり頭にたたき込んで趣向を凝らしたホワイダニットの謎に挑んでほしい――これだけヒントを出しても、たぶん当てられないと思うけど。

法月綸太郎（のりづき・りんたろう）

１９６４年島根県生まれ。京都大学法学部卒業。在学中は京都大学推理小説研究会に所属。１９８８年『密閉教室』でデビュー。２００２年「都市伝説パズル」で第55回日本推理作家協会賞短編部門、２００５年『生首に聞いてみろ』で第5回本格ミステリ大賞小説部門を受賞。その他の著書に『キングを探せ』『ノックス・マシン』『法月綸太郎の消息』など多数。

4/21

子守唄を聴いている

似鳥 鶏

うち同様赤ちゃんがいると知って以来、城戸《きど》君とテレビ電話で育児の話をしまくっている。父親育児の愚痴はやはり父親同士でないと言えないのである。

だが、今日は少々趣が違った。なぜうちの子が泣くのか分からないから知恵を貸してくれ、というのである。

そもそもあれは理由なく泣く生き物だ、ということはすでにさんざん話題にしていたはずだが、城戸君曰くそれにしてもおかしいのだという。城戸君のところの凜《りん》ちゃん（五ヵ月）は「立って歩きながら抱いている時だけ、それまでご機嫌で寝ていたのに突然泣きだすことがある」のだそうだ。奥さんや義父母が同じようにしても泣かないのに、いつも寝かしつけている城戸君の時だけ泣きだすことがあるのだそうである。しかもその頻度が増えてきているという。

それを聞いて興味をそそられた。基本的に赤ちゃんというのは座ったまま抱くより立つことを求めるし、突っ立っているより歩いたり揺することを求める。めんどくさい話である。凜ちゃんも普段は立って歩き回ることを好むし、寝付くところまでは問題ないのだという。歩き方が変なのではないか、などと色々と訊いたが、画面内の城戸君はいずれも首を横に振った。それらの理由なら毎回泣いているだろうし、頻度が増えていることの説明がつかない。だが外をバイクが通ったとか気圧が下がったとかいう外的要因もないし、お腹が張っていたとかいった凜ちゃん側の要因もないという。なのに突然わっと泣きだすのだという。

だが、考えているうちに一つ思いついた。

俺は言った。「ひょっとして、病院に行った方がいいかもしれない」

「うそ？　凜そんなヤバい？」

「いや、城戸君が」

後日、城戸君から礼を言われた。検査で不整脈が見つかったという。しかも立って歩くだけで出るほどで、わりとひどいらしい。つまり凜ちゃんは聞き慣れた父親の心臓の鼓動を子守唄にしており、それが突然乱れるため泣いていたのである。そういえば、赤ちゃんは胎内で母親の鼓動を聞いている、という話もあった。安心する音なのだろう。

凜ちゃんに命を助けられたかもしれないな、と二人でしみじみし、リビングから泣き声が聞こえたので急いで通話を切った。赤ちゃんは今日も気ままに平常運転である。

似鳥 鶏（にたどり・けい）

１９８１年千葉県生まれ。２００６年『理由《わけ》あって冬に出る』で第16回鮎川哲也賞に佳作入選しデビュー。同作をはじめとする「市立高校」シリーズや『午後からはワニ日和』にはじまる「楓ヶ丘動物園」シリーズ、『１００億人のヨリコさん』『叙述トリック短編集』『育休刑事』『生まれつきの花　警視庁花人犯罪対策班』など著書多数。

4/22

黒澤いづみ

よいふうふのひ、である。

奇しくも今年迎えた結婚記念日はわたしたち夫婦にとって節目となるものだったが、今となってはあまり関係のないことだ。旅行をするわけでもない。どこかへ何かを食べに行くでもない。子どもから特別な祝いがあるわけでもない。虚無じみた普通の日である。

夫婦長年連れ添えば、格別な出来事はないに等しく、心を弾ませるような会話もそう出てはこない。刺激のない退屈な『いつも』。それが平穏無事であるということだ。

ぼんやりとテレビを眺める。気の重くなるニュースから目を逸らすと、あたかも平常通りかのような莫迦らしいバラエティが始まる。

日常をコーティングして、努めて何もなかったふりをするそれらにただ騙されているのも気分が悪い。皆、目を逸らしたがっている。この『非日常』がいつか終息すれば、きっとそれまでのような『日常』が当たり前の顔をして戻ってくるのだと信じたいのだ。しかしそんなもの、どこを探してもあるはずがない。幻想だ。日常という概念は既に書き換わっている。その事実を見ないふりして、欺瞞で気休めをして、『いつもどおり』という宗教に縋る。

　みな変わりたくないのだ。それはそうだろう。変わるということは恐ろしい。今までいた場所に戻ってこられなくなることは、心許ないものだ。だからこの疫病をなかったことにしたい。なかった頃にまるごと戻りたいと願う。心の故郷を過去に設定しているのだ。それはわたしも例外ではないのだけれども。

　しかし実際、世界はそれほどに様変わりしているのだろうか。ベランダに出て、いまだ冬の名残が色濃く、春らしい陽気を帯びることのない空気を吸う。見晴らした景色は――車の交通量も劇的に減ったわけではなく、通行人もまばらに存在する。

　自粛、休業、ロックダウン。口うるさく言うほどのものなのか。そう思う一方で、病魔は貧富の差も人徳の有無も関係なく平等に牙を剥いている。

目には見えない危機に瀕して、わたしたちは今、崖っぷちに立たされているのだろうか。こうして生かされているのは厄災の気まぐれであり、家から出て誰かとこみいった接触をしようものなら、たちまち安全圏から突き落とされてしまうのだろうか。

我慢ならずに自粛を破った行動的な人々が非難を浴び、常ならば顰蹙を買う引きこもりの内向的な人々が賞賛の的となる。世界はいつの間にか反転してしまっていた。

このままでは店が潰れてしまう、事業が継続できなくなる、と経営陣の悲鳴が聞こえる。支援のために金を出そうにもわたしたちは生活費すら儘ならない。終わりの足音が近づいている。ここで終わるのは果たして何か、まだわたしには分からない。もし停滞した日常が終わり、より良い社会を目指す改革の日々が始まるとして、忌むべきことなのか、祝福すべきことなのか、今のわたしにはそう——なにも。

確かなことはひとつだけ。わたしたちのいる欺瞞の狭い箱庭は、いつかそのうちに崩壊するのだ。変わらぬことなど何もないように、明日、または一月後、あるいは半年以内に。劇的な何かが巻き起こり、それがわたしたちの日常と変わる。遠くないそのうちに。

リビングに戻り、テレビを見ながら空虚に笑う妻の顔を見る。同じソファに腰をおろして、しかしその間隔はいつも一定に空いている。この家におけるソーシャルディスタンスは騒動の前からひとつも変わっていない。しかしわたしたちは今、閉じこめられていた。

テレビから顔を一切動かさない妻をもう一度だけ見遣る。

――よいふうふのひ、である。

黒澤いづみ（くろさわ・いづみ）
福岡県出身。『人間に向いてない』で第57回メフィスト賞を受賞。近著に『私の中にいる』がある。

4/23

『選考会』

長岡弘樹

わたしはいま、日本推理作家協会賞の選考委員を仰せつかっている。任期は四年間だ。二〇二〇年四月二十三日——この日、わたしは上京し、都内のホテルにて、任期最後の務めである選考会に臨むつもりでいた。

「試されるのは候補者ではなく選考委員の方である」などとよく言われる。だから毎年この時期になると、かなり緊張してしまう。しっかりと候補作を読み込み、推す作品を決める前に熟考を重ねなければならない。それを怠ったりしたら、選考委員として落選だ。

ところが新型コロナウイルスの影響で、ほかの多くの行事と同じく、この選考会も延期になってしまったのだった。

で、代わりに何をしたかというと、山形県内にある拙宅において「裁縫」である。もっと具体的にいうとマスク作りだ。

わたしの家内は、マスク信者とでもいうべき人間である。混んでいるバスや電車に二人で乗ったりすると決まってすぐ、わたしの目の前には、口と鼻を覆う白い布が「着けな」の声と一緒に横からすっと差し出されてくる。そんなわけで、今回の入手困難という事態に際し、家内は早い段階から、自分でマスクを生産する作業に着手していた。つまり、わたしはその手伝いをさせられたのだった。

ネットを覗けば、簡単にマスクを作る方法がいくつも紹介されている。キッチンペーパーを折り畳むだけで出来上がるものもあるようだ。その中から家内が選び出して自作していたのは「ＨＫマスク」なるものだった。これは、香港のある化学博士が考案したものらしい。身近な材料だけで作ることができ、しかも機能は医療用マスクに近いレベルなのだという。

作業手順はといえば、①ダウンロードして作った型紙を布に当てる。②ふちを色鉛筆でなぞる。③その線に沿って布をハサミで切っていく。④それらパーツを縫い合わせる、といった具合だ。

我が家にはミシンがないため手縫いである。現在わたしは五十一歳。目のピントが手元に合わないから、針に糸を通すだけでも一苦労というありさまだった。

裁縫をやったのは、おそらく中学校で家庭科の授業を受けて以来だから、指先が思うように動かない。だというのに「そこマチ針で止めて、あとは並縫い」などと、向かいに座った家内から指示がポンポン飛んでくるから焦ってしまう。それでも自作のＨＫマスクは、三時間ぐらいでどうにか完成した。

わたしの苦心作にじっと視線を当てていた家内は、やがてひとこと呟いた。「落選」。

長岡弘樹（ながおか・ひろき）

１９６９年山形県生まれ。筑波大学卒業。２００３年「真夏の車輪」で第25回小説推理新人賞を受賞。２００８年、「傍聞き」で第61回日本推理作家協会賞短編部門を受賞。２０１３年、『教場』が「週刊文春ミステリーベスト10」国内部門第１位に。近著に『救済ＳＡＶＥ』『１１９』『風間教場』『緋色の残響』などがある。

4/24

意味を求めて

恩田 陸

ＤＶＤでロドニー・アッシャー監督『ＲＯＯＭ２３７』を観た。

スタンリー・キューブリック監督の映画『シャイニング』（一九八〇年公開）について、深読みした人々がそれぞれの解釈をえんえんと語る、という地味なドキュメンタリー映画なのだが、なぜか年に一度くらい観たくなるのだ。タイトルは、映画の中で親子三人が住み込みで管理を任された真冬のホテルで、過去に惨劇が起きた部屋の番号である。

『シャイニング』は原作者スティーヴン・キングが全く評価していない映画としてもよく知られている。キングの原作のイメージが再現されているかどうかはさておき、このただならぬ緊張感と完成度は、やはり映画として傑作としかいいようがない。

先住民の虐殺が隠されたテーマだ、とか、アポロ計画のフェイクを告発している、などとトンデモ系を含め実にさまざまな解釈が繰り出されるが、確かに完璧主義のキューブリックなら見逃すはずのない「ミス」や「齟齬」がそこここにあるのを指摘されると、深読みを誘うのもよく分かる。

この映画、観るたびに自分の中で反応する仮説が異なるのが面白い。今回「そうかも」と思ったのは、キューブリックがサブリミナル映画を作ろうとしていたのではないかという仮説。彼が『シャイニング』を作る前に、サブリミナル広告やプロパガンダ映像について調べていたのは本当らしい。それでは、キューブリックは『シャイニング』でいったい何を「サブリミナル」しようとしていたのだろうか？（仮説を立てた人も、そこまでは説明してくれなかった）

深読みというのは楽しい。つまり、人は観たものに意味を求めるし、観た時の状況や心境によって異なる意味を見いだす。その意味は、時間が経過するにつれてどんどん変わっていくし、振り返るたびに上書きされていく。逆にいうと、人は意味のないもの、理由のないことには耐えられない。九年前の春、私は「どうやって流しの下の壜に毒を入れたのか」という推理小説にしがみついていた。動機と殺意のある、ただの数字ではない死を、小説の中に望んでいた。

あとから振り返った時、この春に意味と理由を見いだせるのだろうか？　そして、その頃また『ＲＯＯＭ２３７』を観た時に、私はどの仮説に反応するのだろう。

恩田　陸（おんだ・りく）

１９６４年宮城県生まれ。第３回日本ファンタジーノベル大賞の最終候補作となった『六番目の小夜子』で１９９２年にデビュー。２００５年『夜のピクニック』で第26回吉川英治文学新人賞と第２回本屋大賞、２００６年『ユージニア』で第59回日本推理作家協会賞、２００７年『中庭の出来事』で第20回山本周五郎賞、２０１７年『蜜蜂と遠雷』で第１５６回直木三十五賞と第14回本屋大賞を受賞。『七月に流れる花』『八月は冷たい城』『祝祭と予感』『歩道橋シネマ』『ドミノｉｎ上海』など著作多数。

4/25

我孫子武丸

久しぶりに、鼻をつく夫の加齢臭で目を覚ました。昨夜はこのところ夫の寝ていたソファベッドで、夫の枕に顔を埋めたまま寝たのだということを思い出す。二週間、夫はずっと書斎に籠もって仕事も食事もしていたのだ。君にうつすわけにはいかないから、と。

何もかも夢であればいいと思っていたが、恐る恐るソファベッドの下を見下ろすとやはり夫はそこにいた。スマホがその手の近くに落ちているところを見ると、どこかへ電話しようとして、間に合わなかったらしい。

昨日の朝、ドア越しに聴いた彼の声はいたって元気だった。一時高かった熱も下がったようで、咳は相変わらず辛そうだったけれど、毎年のように罹《かか》る喉風邪とさほど変わらないので、多分アレではないと本人も言っていた。夜遊びもしていないし、出勤していたときもマスクは欠かさなかった（使い回しではあったが）。でもタチの悪い風邪なのは間違いないし、うつさないに越したことはない。万が一アレだったとしても軽症で済むよ、まだギリ四十代で病気もないし。

　彼の言葉を信じた。テレビでも医師が同じ事を言っていた。そしてもちろん、悪くなったとしたら、それから病院に行く暇くらいはあるのだと思っていた。ＬＩＮＥに返事があったのは夕方までだ。それ以降返信がなくなり、電話にも出ないので心配になって仕事を無理矢理早退し、戻ってきて見つけたのは氷のように冷たくなった夫の亡骸《なきがら》だった。

　夫の手元にあるスマホを使うことは躊躇《ためら》われたので、階段を駆け下り、廊下に置いてあるＦＡＸ複合機の受話器を取って考えた。１１０？　１１９？

１１９だ。救急車なら１１９。間違いない。――でもそもそも、救急車を呼ぶべきなんだろうか？

　さっき触った、夫の身体の冷たさを思い出す。

死んでいた。とうに死んでいた のだ。救急車を呼ぶなんて馬鹿げてる。もし来てくれたとして、現場で事情を知れば、そのまま帰ってしまうに違いない。警察？　保健所？　いずれにしろその後どうなるのかは想像もつかなかった。はっきりしているのは、多分もう二度と夫とは触れあうこともできず、顔も見られないまま火葬されるだろうということだ。そんなのは嫌だ。絶対に。

受話器を置き、ふらふらと再び階段を上がり、夫の書斎へと入った。しばらく見下ろしていたが、やがて意を決して夫に触れた。さっきも触ったのだ、構うまい。

誰のせい？　誰のせいでこんなことに？　テレビに出ていた医者？　基準を決めた人？　電話しても検査をしてくれなかった保健所の職員？　それとも――

ゆっくりと身を倒し、彼の身体に寄り添って頭をかき抱いた。冷たい唇にキスをした。深呼吸する。彼の身体の中で増殖し、彼を食い尽くしたウイルスをすべて取り込んでやる。そう、そして枕にはたっぷりとそれが付着しているとも聞いた。

書斎で寝始めて三日目の朝、夫がしていたのと同じ咳が出た。これでいい。これで、「責任者」のところへ行ける。そして――

我孫子武丸（あびこ・たけまる）

１９６２年兵庫県生まれ。京都大学文学部哲学科中退。同大学推理小説研究会に所属。新本格推理の担い手の一人として、１９８９年に『８の殺人』でデビュー。『殺戮にいたる病』等の重厚な作品から、『人形はこたつで推理する』などの軽妙な作品まで、多彩な作風で知られる。大ヒットゲーム「かまいたちの夜」シリーズの脚本を手がける。近著に『怪盗不思議紳士』『凜の弦音』『監禁探偵』『修羅の家』などがある。

4/26

その日が来るまで

春原いずみ

家に帰ると、神城尊《かみしろたける》はまず風呂場に直行する。恋人と三匹の犬たちのいつもの出迎えもなしだ。脱いだ服はすぐにビニール袋に密封し、シャワーで頭の先から足の先まで洗う。

「お帰りなさい」

風呂場の外から、かけがえのないパートナーである筧《かけい》深春《みはる》の声が聞こえた。

「ごはん、できてます。今日は先生の大好きな豚の生姜焼きですよ」

すべてが変わってしまった。今、命を繋ぐ聖生会《せいせいかい》中央病院付属救命救急センターは感染症の最前線に立たされている。防護のための資材はあっという間に底をつき、医療者は感染に怯えながら、運を天に任せるような感覚で、現場に立ち続けている。

「お、美味そうだな」

髪を拭きながら、茶の間に落ち着くとそろそろと3匹の柴犬たちが寄ってきた。

「ただーいま」

可愛い犬たちを順番に撫でてやってから、筧が差し出してくれたおしぼりで手を拭き、箸を手に取る。

「……うん、柔らかくて美味い」

少し味付けが濃いめなのは、神城が疲れていることを配慮してだろう。同じ職場のナースである筧も同じように疲れているはずなのに、彼はいつものように、家とおいしい食事を整え、神城が少しでも安らげるようにして、迎えてくれる。

「……もう、消毒用アルコールが底をつきそうなので、患者さんに使用する以外は、昨日から工業用アルコールになりました。それもいつまで……」

筧がぽつりと言った。

「いつまで……続くんでしょうね」

「そうだな……」

二人はそのまま静かに食事をした。食べなければもたない。眠らなければもたない。何としても、頑張らなければならない。それが現場に立つ医療者のプライドだ。

「あ、そうだ……」

食事を終えて、ふと筧が言った。

「藤枝《ふじえだ》さんから、いいものをいただきました。待っててくださいね」

五分ほどで台所から戻ってきた筧が持っていたのは、おそろいのマグカップだった。

「甘い……」

二人で向かい合って、そっとすすると疲れた身体に染みるチョコレートの甘さ。

「ショコラショーというんだそうです」

一瞬でいい。この疲れがとれてほしい。

そう祈りながら、二人は甘いショコラショーを少しずつ少しずつ飲んだのだった。

春原いずみ（すのはら・いずみ）

新潟県出身。双子座のA型。医療職の傍らBL作品の執筆を行う。

4/27

電話越しのふたり

秋川滝美

スマホが着信を告げたのは午後六時二分、高橋伝治《たかはしでんじ》がパソコンの電源を落としたときだった。画面に映し出された名前は高島達也《たかしまたつや》、堀内《ほりのうち》百貨店に同期で入社して以来の腐れ縁である。何か問題でも起きたかと心配しながら出てみると、至って呑気な声が聞こえてきた。

「久しぶり。元気か？」

「まあまあだ。ろくに外に出られないから体重が増えて困ってる」

「それはいかんな。俺は毎日筋トレしてるぞ。おまえもやれよ」

「そのうちな。で、用件は？」

「特に用はないけど、なんとなく、どうしてるかなーって」

なんだそれ、と返しながら、伝治は冷蔵庫に向かう。取り出した缶ビールの蓋を開けたとたん、高島の声が大きくなった。おそらくプシッという音が聞こえたのだろう。

「何を開けてる！　あ、さては酒だな！」

「ビールだよ。悪いか？　終業即酒盛り開始、ってのは在宅ワークならではだろ」

「だからって電話中に呑み始めなくても！　くそう、俺だって呑んでやる！　近頃大人気、濃厚、高アルコールで有名なレモンチューハイ様だ、参ったか！」

「はいはい、参った参った。あ、そうだ、いっそビデオ通話にするか？」

　外出自粛が始まって以来、オンライン呑み会が盛んだという。ふたりならビデオ通話で十分だろうと思っての提案だったが、高島は即座に断った。

「いらん！」

「つれないやつだな。もうずいぶん会ってないのに」

「若い連中じゃあるまいし、声だけで十分。おまえの二重顎なんざ見たくねえよ」

「俺だって、おまえの簾《すだれ》頭なんかごめんだね」

　そしてふたりは同時に笑いこける。人が聞いたら眉を顰めそうな会話も気心が知れているからこそ、お互いに悪意などないことはわかっていた。

　酒を片手にとりとめのない会話が続いた。十五分ほどたったころ、高島がいきなり嬉しそうな声を上げた。

「ニュースを見たか？　感染者数がかなり減った。都内は二日続きで二桁らしいぞ」

「今日の数字は二週間前の感染者だ。天気が悪かったから、外に出る人間が減っただけだろ」

「出かけるやつが減れば感染者も減るって証明だろうが！　よーし、ここが辛抱のしどころだ、さっさとけりをつけて呑みに行こうぜ」

　画面越しはごめんだが、直に会えるならおまえの二重顎も我慢してやる、という高島の言葉がたまらなく嬉しい。

　今回の騒動で、友人や同僚はおろか、家族ですらも離れて住んでいれば容易に会えない状況に陥った。ひとり暮らしで誰にも会わない日々は、伝治に会いたい人、会う必要がある人と、そうでもない人がいることを教えてくれた。それと同時に、もしかしたら自分は、誰からも会いたいと思われず、必要とされてもいないのではないか、と不安になっていた。

高島の『特に用はない』電話と『会って呑もう』という誘いは、伝治の不安を払拭してくれた。少なくともこいつだけは、俺に会いたがってくれていると思えたのだ。

会いたい人に自由に会える――そんな日が待ち遠しくてならなかった。

秋川滝美（あきかわ・たきみ）
２０１２年４月よりオンラインにて作品公開開始。２０１２年10月『いい加減な夜食』で出版デビュー。著書に『ありふれたチョコレート』『居酒屋ぼったくり』『幸腹《こうふく》な百貨店』『マチのお気楽料理教室』『放課後の厨房男子』『向日葵《ひまわり》のある台所』『ひとり旅日和』『湯けむり食事処　ヒソップ亭』などがある。

４／28　オリンピックとコロナ

田中芳樹

もはや遠い過去になってしまったような気がするが、「２０２０年東京オリンピック」で大騒ぎしていた時期があった。それが1年延期されたかと思うと、金メダルのかわりにコロナウィルスが取って代わった。もともと私は今回のオリンピックにたいして興味も関心もなかったので、延期になろうが中止になろうが痛痒《つうよう》を感じないが、前回の東京オリンピックをリアルタイムで観た世代としては、ふと感じるものもある。

１９６４年に小学生だった私は、聖火リレー、チャスラフスカの体操演技、ヘーシンクの柔道優勝、女子バレーボールの「東洋の魔女」などを、おおかたは観た。マラソンの円谷幸《つぶらやこう》吉《きち》の力走は学校のＴＶで観たが、授業が全校児童のＴＶ観賞に替わったので嬉しかった憶《おぼ》えがある。

そのときのオリンピックで最も印象に残っているのは、どんな名演技でも名勝負でもなく、閉会式だ。すでに暗くなった時刻だが、ＴＶ画面にあらわれたのは、ちょっと不思議な光景だった。各国選手団の旗手たちがつぎつぎとあらわれ、国旗をかかげて行進するのだが、旗手だけで、選手が出てこない。どうしたんだろう、何かあったのかな、と思っていると、ワーッと歓声があがって、スタジアムの出入口から、多くの人があふれ出てきた。列などつくらず、各国の選手たちが入り乱れて、肩を組み、手をとりあい、ハグし、笑いさざめき、ジャンプし、観客席に手を振りながら歩いていく。人種も民族も国籍も関係ない。見とれているうちに聖火は消え、夢は終わった。

　私にとって、これは歴代オリンピック史上、最高の閉会式である。どれほど巨費をかけ、奇をてらっても、これ以上、私の心にひびくことはない。今回は、とくに国威発揚の臭気がプンプンしていたから、私個人にとっては見たくもないものになっていただろう。

　どうせ国威発揚なら、さっさとコロナウィルス禍を収束させて、「さすが日本」といわせてほしいものだが、どうも期待薄である。医療現場の努力と苦闘には頭が下がるが、それをバックアップする政治に対しては、言いたいことが色々ある。もっとも、「罰則つきの強い規制を」という声には賛同できない。コロナより怖いのは、「強権と相互監視で国民一体を」と望む国民の「草の根ファシズム」である。「公園で子どもが遊んでいる」という通報が警察にあった、という話にはゾッとしましたよ。密告社会はイヤです。

田中芳樹（たなか・よしき）

１９５２年熊本県生まれ。学習院大学大学院修了。１９７８年『緑の草原に……』で第３回幻影城新人賞、１９８８年『銀河英雄伝説』で第19回星雲賞、２００６年『ラインの虜囚』で第22回うつのみやこども賞を受賞。『夏の魔術』『アルスラーン戦記』『創竜伝』『タイタニア』『薬師寺涼子の怪奇事件簿』『岳飛伝』など著書多数。

4/29

ランプの魔神

貫井徳郎

フリーマーケットで買ったランプを擦ったら、魔神が出てきた。二〇七〇年代にもなってランプの魔神とは前近代的だが、出てきてしまったものは仕方ない。お前の願いはなんでも叶えてやる、と言うから、しばし考えてＡを殺してくれと頼んだ。Ａは会社の同期である。おれより背が高くイケメンで、仕事ができるから出世頭で、社内一の美女と結婚した。こんな奴は殺したところで、誰も文句は言わないだろう。

ところが魔神は、自分でやれと言う。殺人なんて後味が悪いから、いやなのだそうだ。願いをなんでも叶えるんじゃないのかと文句を言っても、引き受けてくれない。その代わり、ちょっと耳寄りなことを教えてくれた。

平成十六年のみどりの日なら、何をやってもおれは捕まらないらしい。本当なんだろうなと念を押しても、ランプの魔神は嘘をつかないと言い張る。一応、信じることにした。

二十一世紀前半にタイムトラベルが可能になり、今では過去へのツアーも珍しくなくなった。おれは平成十六年に行くことにした。もちろんまだAは生まれてないが、その祖父を殺すためである。

平成十六年の日本は何もかもが珍しく、旗を振る添乗員に案内されてあちこち見て回った。そして自由行動の日に、Aの祖父になる男を捜してナイフで刺し殺した。自由行動の日がちょうど五月四日になるツアーを選んだのである。目撃されようと、証拠を残そうと、絶対に捕まらないのだから気にしなかった。

だが、すぐに警察に通報されて現行犯逮捕されてしまった。どういうことなのか。ランプの魔神は嘘をつかないはずなのに。

「待って。今日はみどりの日じゃないの？」

警察官に尋ねた。おれを地べたに組み敷いた制服警官は、怪訝そうな声で答える。

「何を言ってる。今日は国民の休日だ」

「何それ？　五月四日だから、みどりの日じゃないのか」

「みどりの日は四月二十九日だ。おかしなことを言うな」

愕然とした。同時に、昔は昭和の日がみどりの日だったと聞いたことがあるのを思い出した。おれが生まれる遥か前のことだから、すっかり忘れていた。

ランプの魔神は当然、それがわかっていたはずだ。わかっていて、みどりの日と言ったのだろう。あいつは魔神ではなく、悪魔だったのだと今頃気づいた。

貫井徳郎（ぬくい・とくろう）

１９６８年東京都生まれ。早稲田大学卒業。１９９３年、第４回鮎川哲也賞の最終候補となった『慟哭』でデビュー。２０１０年『乱反射』で第63回日本推理作家協会賞受賞、『後悔と真実の色』で第23回山本周五郎賞受賞。近著に『我が心の底の光』『壁の男』『宿命と真実の炎』『罪と祈り』などがある。

4/30 リバース・それから

湊 かなえ

深瀬《ふかせ》はドアを開放したままの〈クローバー・コーヒー〉に足を一歩踏み入れた。客の姿が他にないことを確認し、中へと進む。

「あら、深瀬くん」

奥さんが驚いたのは、カフェコーナーを自粛し、豆の販売のみとなった店に、深瀬が二日続けて訪れたからだ。

「今日は四軒、配送をお願いします」

ここで買ったコーヒーを淹れるのは、三週間ぶりだった。営業時間の短縮により、連休に入るまで寄ることができなくなっていたからだ。

深瀬は自らの罪を親しい人たちに打ち明けた。その結果、離れてしまった人、受け入れてくれた人がいて、今の生活がある。コーヒーをひと口飲むと、張り詰めていた身体が解きほぐされ、同時に、この安らぎを届けたい人たちの顔が頭の中に浮かんだ。

「豆はどれにする？」

「浅見《あさみ》には、苦味の強いケニアを」

浅見の勤務する高校に配達に行くと、休校中の課題プリントの作成や、オンライン授業の準備で忙しそうにしていた。

「谷原《たにはら》には、酸味の強いコロンビアを」

浅見によると、商社に勤務する谷原は、赴任先の上海から帰国できたものの、周囲の目は冷たいらしい。

「村井《むらい》には、渋味の強いベトナムを」

村井からは、連休中の遊びの予定がすべて家の片付けに変わった、というメッセージが届いた。

「広沢《ひろさわ》の家には、大地を思わせるインドネシアを」

憎まれても仕方がない人たちなのに、つい先日も、しっかり栄養を取りなさい、と家の畑で採れた野菜を送ってくれた。

「それだけ？　念願のパン屋を開業したばかりなのに、大変そうよ。私、自宅の住所も教えてもらってるから」

美穂子《みほこ》のことだ。彼女とは、罪の告白以降会っていない。酷い言葉を浴びせられたわけではない。お互い無言で別れたきりだ。

「いや、僕はもう……」

「ねえ、深瀬くん。世の中、コロナのせいで、って嘆く声でいっぱいだけど、何か一つくらい、コロナのおかげで、っていうハッピーなことが起きてもいいと、私は思うの」

マスクの上の奥さんの目は、強く、優しい。一番に浮かんだ顔は誰のものだった？

「じゃあ、彼女の店のパンに合う、クローバーブレンドをお願いします」

一日早い五月の風が、フワリと二人の間に吹きこんだ。

湊　かなえ（みなと・かなえ）

１９７３年広島県生まれ。２００７年『答えは、昼間の月』で第35回創作ラジオドラマ大賞を受賞。同年「聖職者」で第29回小説推理新人賞を受賞しデビュー。２００９年『告白』で第６回本屋大賞、２０１２年「望郷、海の星」で第65回日本推理作家協会賞短編部門、２０１６年『ユートピア』で第29回山本周五郎賞を受賞。また『贖罪』は２０１８年米国のエドガー賞（最優秀ペーパーバック・オリジナル部門）の候補になるなど、国を超えて多くのファンをつかんでいる。

5/1

巣ごもり

浅田次郎

コロナの話ではない。

ある朝、郵便受を開けてみたら小鳥の塒《ねぐら》になっていた。

夏の仕事場は深い森の中にある。数年前に増築した折、大工の棟梁が余芸で郵便受をこしらえてくれた。しかし常住しているわけではないから、郵便物はめったに届かない。つまり、それをよいことに小鳥が巣をかけてしまったのである。

横開きの扉を開ければ、冬の間に積み重ねられた素材が、たとえばベッドの断面のように一目瞭然であった。

最下層の数センチは小枝のスプリング。その上にクッションのよい苔が厚く重ねられ、表層にはていねいにタンポポの綿毛が敷きつめられていた。まさしく一個の芸術品を見るようであった。

どうやら物件は完成しているようだが、施主は不在である。だからと言って私が勝手に排除できるものでもあるまい。

数日後、ときめきながらそっと扉を開けてみると、シジュウカラが卵を温めていた。覗きこむ人間を全身で威嚇する姿が愛らしく、思わず「ごめんねー」と詫びた。

私が子供の時分には、どこの家でも小鳥を飼っていた。ジュウシマツや文鳥やシジュウカラを、手なずけたり繁殖させたりすることが少年たちのたしなみであったと言ってよい。中には趣味が昂じて物干台に鳩小屋を作り、伝書鳩の調教に血道を上げるつわものもいた。そうした時代に育った私たちの、鳥に対する愛着はひとしおである。

つい今しがた、ふたたびときめきながら覗いてみると親鳥たちの姿はなくて、豆粒のような卵が九つ、タンポポの綿毛の上に整然と並んでいた。暖かな昼間に父母は腹ごしらえをして、夕方になればかわりばんこに卵を抱く。

書斎にこもって原稿を書きながらふと、小説家は人間よりも鳥に近いのではないかと思った。小説を書くという行為は表現とも創造とも言い切れぬが、卵を温めて孵《かえ》すと言えばまことに当を得ている。

そして、おのれの本分に忠実である限り、世間の騒ぎとは無縁である。ありがたいことに。

浅田次郎（あさだ・じろう）

１９５１年生まれ。１９９５年『地下鉄《メトロ》に乗って』で第16回吉川英治文学新人賞、その後も『鉄道員《ぽっぽや》』で第１１７回直木賞、『壬生義士伝』で第13回柴田錬三郎賞、『中原の虹』で第42回吉川英治文学賞、『帰郷』で第43回大佛次郎賞など受賞多数。当代きってのストーリーテラーとして人気を博し、著作も小説からエッセイまで多岐にわたる。近刊は『大名倒産』（上・下）『流人道中記』（上・下）『見果てぬ花』。

5/2

朝倉かすみ

「祇園・櫻井チャンネル」を毎日観ている。祇園というお笑いコンビの櫻井健一朗さんのＹｏｕＴｕｂｅチャンネルである。

なぜ知ったのかは覚えていないが、元を辿ればゴミ屋敷の片付け動画になるはずだ。わたしはゴミ屋敷がどんどんきれいになっていく動画が大好きで、いくつかの業者のチャンネルを登録している。すると「おすすめ」にミニマルライフを送る人たちの動画があがってきて、そのなかに祇園・櫻井チャンネルの「35歳・独身・芸人」シリーズがあったのだと思う。櫻井さんはちょっとしたミニマリストなのだ。

六畳のワンルームにお住まいである。彼の居室にありますものはベッドと、加湿器と、赤のＹｏｇｉｂｏ　Ｍｉｎｉと、白のちゃぶ台のみである。テレビなどもあるらしいが、動画には出てこない。明るい色目のフローリングはぴかぴかと清潔で、狭い台所もすっきりと片付いている。

　今日は何の日か教えてくれ、おかえりと言ってくれるアレクサ、ベッドの下から出動し文句ひとついわず働くルンバ、お湯を沸かす青いティファールポット、とにかくかわいい洗濯乾燥機キューブルちゃん、材料を入れたら煮込んでくれるホットクック先生を始めとする家電たちと暮らす櫻井さんの日常がごく短い動画に仕上がっている。ほとんどの動画の音声は家電の作動音と櫻井さんの咀嚼音および身動きの音にかぎられる。

　ごはん、洗濯、掃除、五キロのウォーキング。櫻井さんのやっていることは毎日だいたい同じである。もちろんグラデーションはある。湿度が何％だかになったら加湿器は仕舞われるし、豆苗の再生栽培をおこなっていた時期もあったが、もっとも大きいのは櫻井さんの仕事に出かける日がだんだんと少なくなったことだろう。このところはずっと家にいるようだ。

　けれども動画の中の櫻井さんは、平気な顔つきでいつもとおんなじ日常を送っている。飽子を焼き、おでざを食べ、ルンバを出動させる。

こういう動画は、こんな折、とても助けになる。少なくともわたしには。「日常」が目視できるからだ。

朝倉かすみ（あさくら・かすみ）

１９６０年北海道生まれ。２００３年「コマドリさんのこと」で第37回北海道新聞文学賞受賞。２００４年「肝、焼ける」で第72回小説現代新人賞を受賞。２００９年『田村はまだか』で第30回吉川英治文学新人賞受賞。２０１９年『平場の月』で第32回山本周五郎賞受賞。その他の著書に『たそがれどきに見つけたもの』『満潮』『ぼくは朝日』など多数。

5/3 仕切りのある世界で

蛭田亜紗子

あと三日。ＧＷ半ばの夜、私は日本赤十字社の「ラブラッド」というサイトで日数を確認していた。つぎに献血できるまでの日数だ。「緊急事態宣言下でも献血は必要です」「献血へのご協力は不要不急の外出にはあたりません」。赤十字社のサイトに書かれているそれらの言葉に許されて、二週間おきにメイクをし（顔の下半分はマスクで隠れるのでフェイスパウダーとアイブロウとアイシャドウだけ）、散歩がてら近所の血液センターに向かい、献血スタッフと濃厚接触している。三日にいちどのスーパーへの買い出しと、マスクをしてのジョギング、そして献血、それが私の外出のすべてである。

ビニールの仕切りなしで家族以外と会話するのは、もはやここだけだ（とはいえこの三日後に行ったら献血ブース以外は仕切りができていた）。こんな背徳的な接触をしていいんですかと後ろめたさにどきどきしながら受付を済ませ、医師の問診を受け、血液検査をし、献血する。４００ｍｌは条件に合わず、２００ｍｌは非推奨、血小板は血が薄くて断られ、消去法で血漿《けっしょう》（あっさり系豚骨スープみたいなルック）の成分献血。腕の血管から血が流れ出ていく感覚は、途中から入ってくる感覚に変わる。赤血球を体内に戻すためだ。

　肉体で感じられるシンプルな犠牲は心地良い。テレビのニュースでは経営難の飲食店オーナーや廃業した旅館オーナーや追い出されたネットカフェ難民が苦境を訴えている。そこまでの影響を受けていないことへの罪悪感を、わずかな痛みと軽い貧血とだれかの役に立つかもしれない可能性がつかのまやわらげてくれる。どかっと寄付できる財力でもあればいいのだが、零細小説家である私が出血大サービスできるのは文字どおり血ぐらいのものだ。

　頻繁に献血するようになったのは三月頭、新型コロナの影響で血液が不足していると報道があって以降だ。その前は高校時代。友人と放課後の遊び場代わりにしていた。医師に「一九九六年以来ですね。お変わりはありませんか？」と訊かれ、あのころとは私も世界も大きく変わったことに気が遠くなった。一九九六年、地下鉄サリンの翌年で世間は世紀末ムード、私はコギャルブームとは無縁の十七歳の処女だった。

とにかく、つぎの濃厚接触まで三日。

私は「ラブラッド」のサイトを閉じ、会いたくても会えない知人のＡｍａｚｏｎほしい物リストを開いて、不要不急の美容ドリンクをギフト購入した。献血以外ではほぼ夫と猫としか接せず、オンライン飲み会もせず、ネットを介して貢ぐコミュニケーションにすがる私は性根がソーシャル・ディスタンシングだなと思いながら。

蛭田亜紗子（ひるた・あさこ）

１９７９年北海道生まれ。２００８年「自縄自縛の二乗」で第７回女による女のためのＲ－18文学賞大賞を受賞。２０１０年に『自縄自縛の私』として刊行されデビュー。その他の著書に『人肌ショコラリキュール』『愛を振り込む』『フィッターＸの異常な愛情』『凜』『エンディングドレス』など。

5/4

掌編ドラマ☆九十九《つくも》神《がみ》さま、さんざめく

辻　真先

カップ爺：仕事部屋の主の辻がテレビ演出家時代に買った。
ロッキン婆：辻はいつもこの揺り椅子でボーッとしている。
網どん：ベランダに面し穴だらけの老いさらばえた網戸。
ジオンちゃん：毎朝の検温用に辻が買った耳温計。

爺「辻はまだ寝とるのか？　仕事がないのか？　売れなくなったのか？」
婆「ゆうべ遅くに『未来少年コナン』を見たせいでしょ、ご主人は」
爺「だらしない喃《のう》。今なお現役で辻にコーヒーを飲ませとる儂《わし》を見い！」
ジオン「シュミじゃなーい、爺さん同士の口づけなんて」

爺「黙れ小娘。かの名優森繁久彌《もりしげひさや》愛用のカップとして大写しされた儂じゃぞ。ミュージカル『オオマイパパ』の主役ゆえに、泣く泣く辻が自前で買った高級品だわい」

ジオン「その話もう5回聞いた。昔の自慢なんかコロナ防疫の役に立つ？　ベランダで居眠りしている網どんなんか穴だらけ。コロナどころかムシだって素通しじゃん」

爺「うぬ、これだから今の若いもんは！」

婆「ストレスを抑えないと肌にヒビが走りますよ。おや、ご主人がお目ざめだね」

爺「どうせ起きればジオンを手に、婆さんに凭《もた》れて欠伸《あくび》するのが関の山だ……や！」

婆「私につまずいた！」

爺「小娘が放り出された！」

ジオン「きゃあ――――！　壊れちゃうウウウウッ！！　……アレッ」

婆「まあ、網どんにひっかかってる」

網「なんじゃいジオンちゃん、わしの穴にブラ下がりよって」

ジオン「ああ、命拾いした……」

婆「よかったね、ジオンちゃん。さ、ご主人の体温を測ってあげとくれ」

爺「拾った命ならさっさと役に立て。あんたもつくも神の端くれだろうに」

ジオン「ハイ……ごめんなさい……ご主人さま、どうぞ」

辻「(大あくびしながら)見渡す限り熱海《あたみ》は街をあげての自粛中だな。まず検温表にメモしなくては。5月4日、10時10分。体温36度4分。……ええと、今日の仕事は講談社の文芸サイト〈ｔｒｅｅ〉だったが、なにを書けばいいんだろう?」

辻 真先（つじ・まさき）

１９３２年愛知県生まれ。名古屋大学文学部卒業。脚本家として『鉄腕アトム』『デビルマン』など多くのアニメ、特撮作品に携わり、日本アニメを黎明期から支えてきた。１９７２年に『仮題・中学殺人事件』で作家デビュー。１９８２年に『アリスの国の殺人』で第35回日本推理作家協会賞を受賞。２００９年、牧薩次名義で刊行した『完全恋愛』で第９回本格ミステリ大賞小説部門、２０１９年、日本のミステリー文学の発展に著しく寄与した作家として第23回日本ミステリー文学大賞を受賞した。

5/5

2020年のせいくらべ

重松　清

「タケシ、せいくらべするぞ」

さっきまで二階にいたパパは、リビングに入ってくるなりぼくに言った。

「サインペンの、なるべくペン先が細いやつ持ってきてくれよ」

身長を測るだけでなく、それを『背《せい》くらべ』の歌のように、リビングの壁に書くのだという。

ママはすぐさま反対した。

「自分のウチにわざわざ落書きしてどうするのよ」

ぼくもそう思う。築二年。まだ新しい我が家を、ママはとても大切にしていて、いつもていねいに掃除をする。特にこの一ヵ月ほど——なかなか外に出かけられなくなってからは、毎日が年末の大掃除みたいだった。

そんなママにしてみると、パパの思いつきは大ヒンシュクものだろう。わかるわかる。しかも、パパはいま、ちょっとお酒に酔っている。今日はこどもの日の休日なので、友だちとオンラインで集まって、昼間からお酒を飲んでいたのだ。

「タケシにとって小学五年生のこどもの日は一生に一度なんだよ」

パパは言った。あたりまえすぎて返事もできないような理屈だった。

ママもさらにあきれてしまって、「ちょっと寝れば？」と笑った。

でも、パパは「こんなこどもの日……こんな新学期、一生に一度だ。二度と味わわせたくないよ」と続けた。

ママもその言葉には「それはそうよね……」と、しんみりした顔でうなずいた。

ぼくは四月からまだ一度も学校に行っていない。目に見えないウイルスのせいだ。新学期でクラス替えをしても、同じ五年二組の友だちとはオンライン授業の画面でしか会っていない。外に遊びにも行けないし、出かけるときにはマスクをしていないと、怖いおじさんに「うつすな！」と怒られるというウワサだ。

　こんなつまらない春、生まれて初めてだ。誰のせいでこうなったんだろう。なにが悪かったんだろう。ぼくがいけないことをしちゃったわけ？　違うよね……。

「タケシはいま身長いくつだ？」

「わかんないけど、一月の身体測定は百三十四センチだった」

「じゃあ、いまはもっと伸びてるな」

「うん……たぶん」

「来年からも、ずんずん伸びる」

パパはそう言って、「だから、せいくらべするんだ」と続けた。

「今年のこどもの日の自分の背丈を来年見てみると、あの頃はまだちっちゃかったんだなあ、って思うから……一年間でこんなに背が伸びたんだなあって、絶対に思って、絶対にうれしくなるから」

力を込めて言ったパパは、「負けてらんねーだろ、こんな春に」と笑った。

せいくらべ、ママもＯＫしてくれた。サインペンはエンピツに変わったけれど。

リビングの壁に背中をつけて「気をつけ」をして、パパに測ってもらった。

百三十五・五センチ。やっぱり一月から伸びていた。

「大きくなるんだ、子どもは」とパパが言った。「なるわよ、子どもって意外とたくましいんだから」とママも言った。

二人とも笑顔なのに、涙ぐんでいた。
それが不思議で、でも、急にぼくまでうれしくなって、ママとハグした。パパともハグした。パパは照れくさそうに「濃厚接触しちゃったな」と泣き笑いの顔になった。

重松 清（しげまつ・きよし）
１９６３年生まれ。早稲田大学教育学部卒。出版社勤務を経て執筆活動に入る。ライターとして幅広いジャンルで活躍し、１９９１年に『ビフォア・ラン』で作家デビュー。１９９９年『ナイフ』で坪田譲治文学賞、『エイジ』で山本周五郎賞、２００１年『ビタミンF』で直木賞、２０１０年『十字架』で吉川英治文学賞、２０１４年『ゼツメツ少年』で毎日出版文化賞を受賞。

5/6 ソーシャル・ディスタンス

皆川博子

赤、青、黒に白もまじって色鮮やかな布をまとい、男の子が踊っている。公園とは名ばかりの空き地だ。ふだん人の姿を見ることは滅多にない。

顎におろしていたマスクを私は鼻まで引きあげた。水着用の布地の端布《はぎれ》で作られたマスクは、洗う度に汐のにおいが濃くなる。

無人の所ではマスクは不要だと思うが、民間人の自粛警察なるものが発足したそうで、長い袂《たもと》は切りましょう、だの、パーマネントは止めましょう、だの、襷《たすき》を斜めにかけた何とか婦人会の小母《おば》さんたちが叫んでいた戦争中を思い出す。

自首強制（ミスタッチ。自粛要請）令——正確には緊急事態宣言——が発せられてから一ヵ月。今日で終了するはずだったのが、延長になった。散歩は禁じられていないので、足がこれ以上弱らないよう、毎日、近間《ちかま》をよろよろ歩いている。

三メートルは充分に離れた位置に立って眺めた。五つぐらいか。長い領巾《ひれ》のように見えるのは、昨日まで空を泳いでいた三匹の鯉だ。端午の節句を終え、しまわれる前の一遊《ひとあそ》びなのだろう。リズムが体に伝わる。老いて聴覚を失い、メロディはわからないのだが、リズムだけは感じる。傍らのベンチに、若い女性が腰掛け、ギターを奏でていた。

ソーシャデダンス。三メートル離れた男の子の私に向けた声が、奇跡的に、明瞭に聞き取れた。

女性はマスク越しに子供に何か言い、私に会釈して、さらに言い添えた。耳が聴こえないのです、と私もマスク越しに言った。汐の香りが女性に届いただろうか。

でも、お子さんが何を言い間違えたかはわかります。人と人の距離を遠ざける施策も、子供には楽しいダンスになるのですね。

コロナ対策として、議員の間で真っ先に論議されたのは、医療関係ではなく、お肉券、旅行券の発行。Ｇｏ　ｔｏ　Ｅａｔ！　まず、利権。感染者の総数を訊かれ、これに書いてない、と逆ギレした行政トップ。ＰＣＲの検査数が少ないと言われ、やる気がないわけではまったくないと答弁し、トップはドブへ。病床を削減する政策は、未だに取り下げられていない。

もう一度、奇跡が起きた。女性が奏でるギターの音を、失せたはずの聴覚がはっきり聴きとった。今はもう秋　誰もいない海、と声に出さずメロディに合わせる。極彩色の布は優雅に波打ち、色と音はひとつになる。

皆川博子（みながわ・ひろこ）

１９３０年朝鮮京城生まれ。東京女子大学外国語科中退。「アルカディアの夏」で第20回小説現代新人賞を受賞しデビュー。第38回日本推理作家協会賞『壁　旅芝居殺人事件』、第95回直木賞『恋紅』、第３回柴田錬三郎賞『薔薇忌』、第32回吉川英治文学賞『死の泉』、第12回本格ミステリ大賞『開かせていただき光栄です　ＤＩＬＡＴＥＤ　ＴＯ　ＭＥＥＴ　ＹＯＵ』などの受賞歴を持つ。２０１３年にその功績により第16回日本ミステリー文学大賞を受賞。２０１５年には文化功労者に選出された。

5/7

ありがとう、コーヒーをどうぞ

米澤穂信

玄関の鏡でネクタイの角度を整え、行ってくるよと声をかけると、妻は気づかわしげに眉を寄せた。

「気をつけて行ってきて」

「大丈夫、充分に気をつけるよ」

「鍵はわたしが閉めるからね」

頼むよと言って外に出ると、背後で重い音を立てて錠が下りた。私は自宅を、裏手へとまわりこむ。

裏庭に面したテラス窓は、あらかじめ鍵が開けてある。靴を脱いで中に入れば、そこはささやかながら一箇の書斎だ。文机に置いたパソコンの電源を入れ、ペットボトルの水とポットで湯を沸かす。淹れたコーヒーを、古道具屋で買った一点物、お気に入りのマグカップに注いで口をつけ、ほうと一息。それで今日の仕事が始まる。

私の仕事は作家であり、この部屋が、私の本当の仕事場だ。さる複雑な事情があって妻には自分の仕事を打ち明けられなくて、出勤するふりだけをして毎日自宅に忍び込んでいる。妻はこの部屋を知らないので露見する心配はない。今回のことで妻が在宅勤務になってからは手洗いだけが厄介だが、妻が仕事をする二階まで、水音は届かないようだ。

長くなってきた日も暮れかけた頃、雨の音を聞いた。見れば、裏庭に洗濯物が干しっぱなしだ。私は手荒れがひどいので、共稼ぎながら洗い物や洗濯は妻に任せきりにしている。間の悪いことに、妻はさっき出かけてしまった。

本日三杯目のコーヒーを文机に置いて、脱衣室から大きめのバスタオルを持ってくる。庭に下りてバスタオルを洗濯物にかけ、しばしそのまま、春の小雨がこぼれてくる空を見上げていた。雨はいつでも降るし、どんな時でも季節は巡るものだ。玄関の方からばたばたと足音が聞こえたのでバスタオルを畳んで書斎に戻ると、カーテンの向こうから、「よかった。

あんまり濡れてない」という安堵の声が聞こえてきた。

時刻もちょうどいいのでそのままスーツに着替え、妻が洗濯物を取り込むのを見計らって、裏庭に下りる。玄関のドアを開けてただいまと声をかけると、妻が小走りに出迎えてくれる。

「お帰りなさい。雨、大丈夫だった？」

「ありがとう、大丈夫だよ。すぐに晴れそうだ」

いま着たばかりのスーツを二階の寝室で脱ぎ、部屋着に着替えて一階に戻る。自分の担当の掃除機がけを終えると、妻がコーヒーを淹れて持ってきてくれた。

「今日もお疲れさま。ありがとう」

「お互いにね」

そう言って私は、お気に入りのマグカップに口をつける。そっと妻の横顔を盗み見るが、私の秘密に気づいた様子はまったくない。妻には多くの美点があるが、少々鈍感でもある。今日、宣言が延長された。一つ屋根の下での奇妙な在宅勤務は、もう少し続きそうだ。

米澤穂信（よねざわ・ほのぶ）

１９７８年岐阜県生まれ。２００１年『氷菓』で第5回角川学園小説大賞奨励賞ヤングミステリー＆ホラー部門を受賞してデビュー。青春小説としての魅力と謎解きの面白さを兼ね備えた作風で注目され、『春期限定いちごタルト事件』などの作品で人気作家の地位を確立する。２０１１年『折れた竜骨』で第64回日本推理作家協会賞、２０１４年『満願』で第27回山本周五郎賞を受賞。他の著書に『さよなら妖精』『犬はどこだ』『インシテミル』『追想五断章』『リカーシブル』などがある。

5/8　日日是好日

神林長平

　さて、五月八日である。あなたは作家なので締め切り日を気にしつつ、書く仕事をきょうもしている。みんなを元気にさせる掌編のアイデアに悩みつつ、いま連載中の次回作も書きあぐねている。そこに担当編集者から『十二日を目処に原稿を送られたし』とのメールが来て、まだ書き出してもいないのにどうすればいいのだと、頭を抱える代わりに膝の上にいた猫を思わず抱きしめている。ああ猫はいいなあ、自分も猫になりたいとあなたは嘆息する。

　――なかなか筆が進まないようなので、わたしが手助けをしてやろうと思う。

「きみは、だれ？」

　わたしが書き込んだＰＣ画面を見たあなたは、腕の中でジタバタしている猫を思わず放り出し、わたしに向かってそう訊く。

——どこって（とわたしは答える）、きょうは世界中が、わたしだよ。

「……それ、意味が通らない文だから」と作家らしくあなたは突っ込みを入れる。「いいかい、ぼくは、きみはだれなのかと訊いているんだ。わかる？」

——もちろん、意味はわかってる。わたしは五月八日だ。ちゃんとあなたの疑問に答えている。わかる？

あなたはわたしが書いた文字列を見つめて考え込み、それからおもむろに訊いてきた。

「それって、きみは〈五月八日〉ということか」

——そのとおり。正解です。

「つまりきみは、日にちに人格があると言っているわけだね」

——そう。

「ようするに、擬人化だ。日にちの擬人化って、面白いな。きみがだれであれ助かったよ。ヒントになった」

あなたの頭にアイデアが閃いて、さっそく書き出す。

『昔むかし、カレンダーの数字たちは仲が悪く、てんでに並んでいました。〈一月一日〉は、われこそいちばん偉いと言い、クリスマスイブの〈十二月二十四日〉は自分がいちばん楽しい日だと主張し、ほかの日も自分勝手な言い分を言い立てて譲りません。これに困り果てた人人は、数字たちに順序よく並んでもらうために、猫に助けてもらおうと……』

猫？　なんで猫なんだ、とあなたは自分で書きながら首を捻る。ま、いいかとあなたは思う。とにかく書き出すことができたのだから、なんとかなる、と。そう、わたしが助けてあげたおかげだ。

わたしは〈五月八日〉だ。〈五月七日〉から生まれた。わたしの役割はただひとつ、〈五月九日〉を生むこと。それだけだ。

あなたは書き進めながら、〈きょう〉という日に感謝する。わかってもらえてわたしも嬉しい。あなたが幸せでありますように。

神林長平（かんばやし・ちょうへい）

１９５３年新潟県新潟市生まれ。１９７９年、短編「狐と踊れ」で作家デビュー。『敵は海賊』『戦闘妖精・雪風』シリーズなどで数多くの星雲賞を受賞し、１９９５年、『言壺』で第16回日本ＳＦ大賞を受賞した。『魂の駆動体』『永久帰還装置』『いま集合的無意識を、』『ぼくらは都市を愛していた』『だれの息子でもない』『絞首台の黙示録』『フォマルハウトの三つの燭台〈倭篇〉』『オーバーロードの街』『先をゆくもの達』『レームダックの村』など多数の著書を発表している。

5/9

真っ赤な嘘

東川篤哉

玄関を出た瞬間、肺を満たす夜の空気を心地良く感じた。口許に手をやると、露《あらわ》になった唇に指先が触れる。どうやら俺はマスクをしていないらしい。

――畜生、どうりで呼吸が楽なわけだ！

自分に腹を立てつつ室内に引き返すと、リビングには仰向けになった叔母の死体。背中を刺されたのがよほど苦痛だったらしい。分厚い化粧に亀裂が入るのでは――と余計な心配をするほどに、その顔面は醜く歪《ゆが》んでいる。俺のマスクは彼女の右手に血まみれの状態で絡《から》まっていた。小競り合いの中、叔母の指先が俺の顔からそれを剝《は》ぎ取ったのだ。

「危ない危ない。うっかり証拠の品を残すところだった」

マスクを摘《つま》み上げた俺は、それを血に汚れたナイフと同じ袋に入れて鞄に仕舞《しま》った。だが、それでも問題は残る。マスクを失った俺は素顔丸出しだ。これではマンションから出られない。このご時世ならば、なおさら素顔だと人目に付く。やはり代わりのマスクが必要だ。そう考える俺の視線は、叔母の口許を覆ったマスクに自然と吸い寄せられていった。

――とりあえず、これを拝借するか。でも叔母と間接キスは嫌だな。それに万が一、彼女が感染者だったらどうする？

何かと思い悩む俺の耳に、そのとき突然ピンポーンとチャイムの音。続いて聞こえてきたのは男性の声だ。「――放談社《ほうだんしゃ》の編集部から参りましたぁ！」

マズイ、出版社の人間が叔母を訪ねてきたらしい。こんなご時世だというのに、作家の自宅を直接訪ねてくるなんて、さすが放談社だ。しかも事前の約束があるのか、男は容易に玄関先から立ち去る気配がない。事ここに至っては、一刻の猶予もない。俺は迷いを振り払って、叔母のマスクを自分の顔に装着。さらに一計を案じると、玄関の傍《そば》にあるトイレの扉を開けて、個室に身を潜めた。

直後に玄関からガチャリという音。放談社の男は不《ぶ》躾《しつけ》にも扉を開けて、室内の様子を窺《うかが》っているらしい。だとすれば、リビングの死体は確実に男の視界に入るはず。すると案の定、「わあッ」という男の悲鳴。直後には、リビングに駆け込む乱暴な足音、そして「先生ッ、先生ッ」と叔母を呼ぶ声が虚しく響く。

それを待って俺は静かに個室を出ると、わざと音を立てて玄関扉を開け閉め。それから慌てて靴を脱ぐフリをしながら、「――ど、どうしました！」

俺は、たったいま悲鳴を聞き付けて現場に駆け込んだ甥っ子として振舞った。

「ああッ、叔母さん！　い、いったい誰が、こんなことを！」

「さあ、判りません」男は叔母の死に顔と俺の顔とを交互に見やる。しかし次の瞬間、眉根を寄せると、「ん!?　だけど、もしや犯人は、あなたなのでは？」

「え!?」こいつ天才か。天才探偵なのか――「な、なぜ、そんなふうに？」

「だって、あなたのマスク、裏返しですよね」

「…………」そうだ。叔母との間接キス、それとウイルスを嫌った俺は、敢えて彼女のマスクを裏返して自分の顔に装着したのだ。――それが、どうした？

首を傾げる俺の顔を指差しながら、放談社の男はいった。
「あなたのマスク、表面に口紅が付いてますよ。先生ご愛用の真っ赤な口紅が」

東川篤哉（ひがしがわ・とくや）

１９６８年広島県尾道市生まれ。岡山大学法学部卒業。２００２年、カッパ・ノベルスの新人発掘プロジェクト「ＫＡＰＰＡ—ＯＮＥ登龍門」で第一弾として選ばれた「密室の鍵貸します」で、本格デビュー。２０１１年、『謎解きはディナーのあとで』で第８回本屋大賞を受賞、大ヒットとなる。「烏賊川市」「鯉ヶ窪学園探偵部」「魔法使いマリィ」「平塚おんな探偵の事件簿」各シリーズほか著書多数。テレビドラマ化された作品も多い。

5/10

近藤史恵

夜の駅で、その人と出会った。

大きなバックパックを背負っていて、明らかに旅をしているように見えた。在来線の駅のベンチに座り、菓子パンを頬張っていた。

周辺にいた人は、あきらかに、その人を不審そうに見ていた。感染者こそ減りつつあるが、緊急事態宣言は解除されていない。旅をしている人などいない。

もっとも新幹線も電車も動いている。どうしても、避けられない用で移動する人もいるだろうし、ホテルだってすべてが完全に営業を停止しているわけではない。旅に出たいと思えば、出ることはできる。

その人が咳き込んだ。一瞬、まわりに緊張が走り、近くに座っていた人がベンチを立った。だが、菓子パンに噎《む》せただけのようだ。わたしはちょうど未開封だったペットボトルのお茶を差し出した。

「どうぞ」

「ありがとうございます」

その人は涙目でペットボトルを受け取った。興味が出て、尋ねた。

「遠くに行かれるのですか？」

このホームからは夜行列車が出る。たぶん、それに乗るのではないかと思った。

警戒されるかと思ったが、その人は笑顔で言った。

「人のいないところへ。なるべく人のいないところへ行こうと思いまして」

そう言った後、言い訳するように付け加える。

「あ、わたしが感染しているというわけではありません……もちろんなにも症状がないところからの推測ですが」

この病は無症状の人がいるというからやっかいだ。

「母が高齢で、呼吸器を患っているのです。だから家を出ました。収束するまでは戻らないつもりです。一方で移動することによって人に迷惑をかけてしまうのは重々承知です。だから、遠くの人の少ない土地で、家を借りました」

夜行列車が入ってくる。彼は立ち上がって、お辞儀をした。

「お茶ありがとうございます」

「幸運を祈ります」

自然に口から出ていた。そう、この人だけでなく、すべての人に。

その人を乗せた列車は南に向かって走り出した。

近藤史恵（こんどう・ふみえ）

１９６９年大阪府生まれ。大阪芸術大学文芸学科卒業。１９９３年『凍える島』で第４回鮎川哲也賞を受賞しデビュー。２００８年に『サクリファイス』で第10回大藪春彦賞受賞。その他『私の命はあなたの命より軽い』『ときどき旅に出るカフェ』『シャルロットの憂鬱』『モップの精は旅に出る』『スティグマータ』『スーツケースの半分は』『みかんとひよどり』『歌舞伎座の怪紳士』『夜の向こうの蛹たち』など著書多数。

5/11

輪渡颯介

新型コロナウイルスの感染拡大により緊急事態宣言が発令され、不要不急の外出を自粛するように、との要請が出されました。

これは強制力を伴うものではありませんが、大多数の方々が要請に従い、静かに日々を過ごしているようです。

さて、そんな緊急事態宣言下における五月十一日に、私、輪渡颯介が何をしていたかというと……することがなかったので仕事部屋にあるオフィス用の椅子でぐるぐる回って遊んだ結果、気分が悪くなって小一時間ほど寝てました。

はい、愚か者です。新型コロナウイルスのせいでアホが一匹あぶり出されました。

ちなみに輪渡は一九七二年五月八日の生まれで、つい三日前に四十八歳になりました。ありがとうございます。主に江戸時代を舞台にした物語を書いているので、時代小説作家という肩書がつくことが多いです。四十八歳の時代小説作家です。そんな者がいったい何をしているのだと我ながら呆れております。

それから、五月十一日現在、輪渡の家ではネズミが出て困っています。自粛要請により飲食店が閉まり、飢えたネズミが繁華街から外に溢《あふ》れ出ているというニュースを耳にしていますが、輪渡の家の周りは一般の住宅ばかりで、飲食店からは離れています。近所の他の家にネズミが出たという話も聞きません。ですから新型コロナウイルスの影響ではないのかもしれませんが、迷惑であることには変わりありません。

そこでこれは不要不急の外出ではないだろうと判断し、ドラッグストアへ行ってネズミ対策の薬を買ってきました。ニオイで追い出すネズミ忌避剤《きひざい》です。それを天井裏へと仕掛けたところ……ニオイにやられて輪渡が部屋の移動を余儀なくされました。

メーカーさんの名誉のために言っておきますが、ネズミにも効きました。輪渡が今いる部屋の天井裏でガタガタやっています。どうやら一緒に移ってきたようです。

つまり効果はあったが意味はない、という悲しい結末になりました。それなら今いる部屋の天井裏にも仕掛けたらどうだ、と思う向きもございましょうが、それだと輪渡が行き場を失うのでご勘弁ください。仕方がないので輪渡の家では現在、最高最強の腕を持った練達の野良猫さんを募集中です。ご本猫様からの応募に限りますが、よろしくお願いいたします。

ということで、緊急事態宣言下における五月十一日は、「四十八歳の時代小説作家が椅子でぐるぐる回って遊んだ結果、小一時間ほど寝込んだ」と「ネズミ忌避剤を仕掛けた結果、自分も一緒に駆除された」という二つの出来事が起こった日でございました。

輪渡颯介（わたり・そうすけ）

１９７２年東京都生まれ。明治大学卒業。『掘割で笑う女・浪人左門あやかし指南』で第38回メフィスト賞を受賞し、２００８年にデビュー。怪談と絡めた時代ミステリーを独特のユーモアを交えて描く。著書に「古道具屋　皆塵堂《かいじんどう》」シリーズ、「溝猫《どぶねこ》長屋　祠《ほこら》之《の》怪《かい》」シリーズ、幽霊話をすれば無代《ただ》になるという妖しい飯屋が舞台の「怪談飯屋古狸《ふるだぬき》」シリーズなどがある。

5/12

椹野道流

今日は、医療従事者なら忘れはしない「看護の日」、または「ナイチンゲール・デー」だ。

ちょうど２００年前の今日、フローレンス・ナイチンゲールは、この世に生を受けた。

彼女は言うまでもなく「看護の祖」で、クリミア戦争に従軍し、前線の病院で傷病兵たちに日夜を問わず尽くした「ランプの貴婦人」である。

……と、その程度の知識しか持ちあわせていなかった私が彼女に興味を持ったのは、20代半ば、イギリス留学中のことだった。

週末にロンドンに出掛け、広大なハイド・パーク近辺をぶらぶらと散歩していたとき、目の前の建物のエントランス脇の壁に、青くて丸いプレートが嵌め込まれていた。

それは「ブルー・プラーク」と呼ばれる著名人ゆかりの場所を示す標識で、そこでナイチンゲールは暮らし、亡くなったと記されていた。

残念ながら、彼女が実際に住んだ家はすでに取り壊され、私の目の前にあったのは新たに建てられたアパートメントだったけれど、あの人が、かつてはここに……と、初めてナイチンゲールをとても身近に感じた。

実際に、彼女が看護師として活躍したのはわずか3年だけ。

それが、帰宅して改めてナイチンゲールについて調べた私が知り、驚いたことだった。

戦地から戻った彼女は、戦時中の病院や傷病兵についての資料を集め、分析し、その結果を誰にでもわかるようにグラフで表示する方法を編み出した。

彼女が作成した膨大な数の報告書や提案書によって、病院の衛生環境が大胆に改善され、看護の質が飛躍的に高められた。

彼女は戦場で救ったより遥かに多くの人の命を、データとサイエンスで救ったのである。

彼女が分析した資料には、勿論、自分自身が戦地で行った看護活動の結果も含まれていたはずだ。

自分が心身を削った活動に含まれていた、無意味だったこと、やるべきだったのにやらなかったこと、むしろ有害であったことをも、きっと彼女は冷徹に見据えたのだろうと思う。今、この難儀な日々を医師として過ごしながら、事態が落ち着いたとき、はたして自分にはナイチンゲールのような「厳しい反省会」ができるかどうか……ふと、そんなことを考えている。

たぶん、無理だと思う。私はきっと、「ああ、すんごく大変だった」とぼやきながら、少しだけ変化した日常に戻っていくだろう。

そして、再び非常勤講師として看護学校の門をくぐるとき、ちょっとだけ後ろめたい気持ちで、ナイチンゲールの石膏像の前を通り過ぎるに違いない。

椹野道流（ふしの・みちる）

2月25日生まれ。魚座のO型。法医学教室勤務のほか、医療系専門学校教員などの仕事に携わる。１９９６年第３回ホワイトハート大賞エンタテインメント小説部門に「人買奇談」で佳作入選しデビュー。その後「奇談」シリーズや「鬼籍通覧」シリーズ、「最後の晩ごはん」シリーズなど人気シリーズを多く執筆する。その他の著書に『男ふたりで12ヶ月おやつ』『ハケン飯友』など多数。

5/13

口が災いの元

佐藤青南

「なんでも訊いてもらってかまいませんけど、僕はやってませんよ」

西野が四角い顎《あご》を突き出してきた。

胸を張って腕を組み、大きく脚を広げて椅子に腰かけている。行動心理学的に説明すれば、顎を突き出すのは攻撃態勢、腕組みは心理的防壁、胸を張って脚を大きく広げる座り方は、自らを大きく見せようとする示威行動。

見事なまでの対決姿勢だと、楯岡《たておか》絵麻《えま》は思った。長い付き合いになるが、後輩巡査がここまで頑強な拒絶を見せるのは珍しい。

「きさま。なんだその態度は」

顔を真っ赤にして詰め寄ろうとする筒井の足もとを、「密です！」西野が鋭く指差す。

「やってないからやってないって言ってるんです。なんでもすぐに僕のせいにするのは、やめてください」

「おまえ以外に誰がいるっていうんだ！」

筒井は自分のデスクを指差した。外出から戻るなり、そこにあったはずの舟和《ふなわ》の『あんこ玉』がないと騒ぎ出した。後で食べようと思って取っておいたのに、なくなっていたというのだ。

「知りません。いちいち同僚の挙動を監視しているわけじゃありません」

「楯岡！　早くこいつを取り調べろ！」

筒井に指差され、西野は眉間に皺を寄せた。

「いつもは楯岡さんの取り調べなんかまじないだとか、まやかしだとか言ってるくせに」

「うるさい！　楯岡に嘘は通用しないぞ！　さっさと吐け！」

「楯岡さんでもこの状況じゃ難しいと思いますけど。マスクで顔の半分を隠して微細表情がわからない上に、相手と二メートルの距離を保たないといけないんですから。いくらしぐさから嘘を見抜く取り調べのスペシャリストといっても、無理ですよ」

警視庁捜査一課の刑事部屋。犯罪に休日はない。業務を止めることはできないが、感染リスク軽減のために全員がマスクを着け、ソーシャルディスタンスを保っている。

「そうなのか？　楯岡」

絵麻は質問に答えず、じっと西野を見つめた。

西野が怯《ひる》んだように身を引く。

「な、なんですか。僕はやってませんからね、本当に」

「楯岡。その目……やはり西野のやつはおれの『あんこ玉』を食ったのか」

「食べてませんってば」

「おまえに訊いてるんじゃない！　おまえの大脳辺縁系に訊いてるんだ！」

西野を怒鳴りつけ、筒井がこちらを向いた。

「楯岡。なんとか言え」

絵麻は筒井を見上げ、任せてくださいという感じに頷いた。

それから西野に向き合い、「さあ。取り調べを始めましょうか」口の中に残ったあんこを
呑み込んだ。

佐藤青南（さとう・せいなん）
１９７５年長崎県生まれ。『ある少女にまつわる殺人の告白』で第９回「このミステリーが
すごい！」大賞優秀賞を受賞し、２０１１年に同作でデビュー。『サイレント・ヴォイス
行動心理捜査官・楯岡絵麻』がドラマ化され人気に。近著に『犯罪心理分析班・八木小春
ハロウィンの花』『ツインソウル　行動心理捜査官・楯岡絵麻』『白バイガール　爆走！五
輪大作戦』『ストラングラー　死刑囚の推理』などがある。

5/14

リモート・ジェラシー

高岡ミズミ

「そっちの業界もリモートワークってあるんだ？」

自分の場合は飲食業なのでやむを得ず休業しているが、よもや久遠《くどう》も自宅待機中だとは思いも寄らなかった。普段から若い組員が一日じゅう事務所にたむろする状況にあるのだから当然と言えば当然だが、やはり裏稼業と自粛というのはあまりに印象がかけ離れている。

『部屋住み以外は自宅待機で、うちの関連会社もすべて休みだ』

「あ、そっか」

いまの状況に表も裏もない。特例なく自制、自粛で乗り切る以外、他に方法はないのだと納得する。

「じゃあ、沢木《さわき》くんも——」

自宅でおとなしくしているんだね、となにげなく水を向けるつもりだった和孝《かずたか》だが、視界に飛び込んできた光景に息を呑む。何度か目を瞬かせてみたものの、どうやら見間違いではないようだ。

パソコンの画面に映ったグレーの上着。

「もしかして」

和孝の予感は、直後当たった。

『コーヒー、ここに置きます』

てっきり自宅でひとり過ごしているのかと思えば、そこには沢木がいて、久遠のためにコーヒーを運んできた。沢木の仕事は運転手にもかかわらず、だ。

「久遠さん、沢木くんと一緒なんだ。へえ……」

沢木を呼ぶんだ、と皮肉めいた口調になるのはどうしようもない。茶くらい自分で淹れればすむだろというそもそもの不満もある。

『コーヒーを淹れてもらうために呼んだわけじゃない。仕事だ』

「いや、別に説明とかいらないし。沢木くんを優先するのは当たり前だろ？」

心にもないことを言ったあと、苦い気持ちになった。これではまるで沢木に妬いているようではないか。

きっと慣れない状況に焦るあまり口が滑っただけだ、そう自身に言い訳し、気恥ずかしさから顔をしかめる。

ふと、久遠が片頬に笑みを浮かべた。

『今日は』

「5月14日だろ？」

『そうだな。5月14日だ。おそらくあと少しの辛抱だな』

久遠の言うとおりだ。いまこうしているのは、あと少しすればまた日常が戻ってくるにちがいないと信じているためだ。津守《つもり》と村方《むらかた》とともに仕事に勤しみ、たまに見かける沢木に律儀な奴と笑い、時折月を見上げつつスクーターで久遠宅へ通う、そんな日常に。

頷いた和孝は、眉間の皺を解く。そして、いまの心情を表すのにふさわしい言葉をディスプレイに向かって投げかけた。

「愉しみだな」

次に会ったときはなにを話そう。なにをしよう。言いたいことやりたいことはたくさんある。

すぐそこにある未来へ思いを馳せながら、自然に口許を綻ばせていた。

高岡ミズミ（たかおか・みずみ）
山口県出身。天秤座のO型。「ＶＩＰ」シリーズ他、多数のＢＬ作品を執筆する。

5/15

ぐわらん

竹本健治

5月15日はストッキングの日だそうだ。

だからというわけじゃ全然なく、あたしは先週買った、とっておきのストッキングを穿《は》いて家を出た。

アテなんかない。ただ、家にじっとしていられなかった。外出自粛なんて関係ない。マスクのことだって頭をかすめもしなかった。

空は嘘みたいに真っ青だ。街は人通りがほとんどなくて、それも嘘みたいだった。そんななかをあたしはぐるぐると歩きまわった。しばらくすると今まで見たことのない風景になって、それでもかまわずに歩き続けた。

やがて遠くに観覧車が見えてきた。あたしは引き寄せられるようにそちらに向かった。こんなときだからきっと休園だろうと思ったけど、着いてみると遊園地はあいていた。ただ、なかはまるで貸し切り状態だ。あたしはそのまま観覧車のところまで行って、ほかに誰も乗っていない籠のひとつに乗りこんだ。

ぐわらん、ぐわらん、ぐわらん、ぐわらん。

観覧車ってこんな大きな音がしたっけ。あたしはぼんやりそう思った。

籠はゆっくりゆっくりあがっていく。

あたしは自分の膝に眼を落とした。穿き心地のいい黒のストッキング。よく見ると濃い紺色に少し紫が混じっている。それが光の角度によってキラキラと虹色に輝く。その輝きに魅せられて、ちょっと値が張ったけど、いつかの特別の日のために買ったのだ。

だけどそのときはもう来ない。昨日彼に電話で別れを言い渡されてしまったから。もう終わりにしよう、こんなときだからちょうどいいだろ、なんて言葉で。

何も言えなかった。涙も出なかった。あのときあたしは壊れたのだ。

ぐわらん、ぐわらん、ぐわらん、ぐわらん。

あたしはいきなりストッキングに爪を立て、両脚ともビリビリに引き裂いた。穴だらけになったところで手を止め、じっと見つめた。ズタズタのストッキングはあたしの胸のなかをそのまま映したようだった。

そのとき突然アレが来た。周期はずれの、特別ひどいやつだ。あたしはそれがじわじわとシートにまで染みひろがっていくのを感じていた。

サ・イ・ア・ク――。

あたしは自分だけじゃなく、何もかも壊れてしまえ、炎に焼かれて崩れ落ちてしまえと思った。そんな願いで頭がはちきれそうだった。

ぐわらん、ぐわらん、ぐわらん、ぐわらん。

そうするうちにあたしはふと気づいた。地上の風景が頭の上にひろがっていることに。

シートもさかさまだ。天井に貼りついたシートから血がぼたぼたとしたたり落ちて、もうあたしは血まみれだった。

そして分かった。そうだ。何もおかしいことはない。

あたしはいつのまにか——もしかしたらずっと前から、違ったところに来てしまっていたのだから。

竹本健治（たけもと・けんじ）

１９５４年兵庫県生まれ。大学在学中にデビュー作『匣の中の失楽』を探偵小説専門誌「幻影城」に連載し、１９７８年に刊行。日本のミステリ界に衝撃を与えた。『涙香迷宮』で「このミステリーがすごい！」２０１７年版国内編第１位、第17回本格ミステリ大賞に輝く。近著に『狐火の辻』『これはミステリではない』など。

5/16 奥の細道　旅の日にて

森村誠一

おもえば、奥の細道の終着地の岐阜・大垣に松尾芭蕉が杖を休めたのも束の間、ふたたび愛弟子の河合曾良とともに伊勢に向かって新たな旅立ちをしたのは、芭蕉が終着地のない途上の旅人であったからであろう。

むすびの地は新たな旅立ちの地でもあった。その道を行く旅人は求道一途の永遠の途上にある。

生きる時代が異なっているからこそ、漂白の中に句魂を磨いた芭蕉がタイムスリップして今の日本にいたら、いったい何処へ向かうのだろうか。

私は、数年前に芭蕉翁の足跡を追って奥の細道を旅したことがあった。「旅の終わりはまた、新たなる旅の始まり」という永遠の旅を続ける芭蕉翁の生き方を心と身体で感じたかった。

未知とは本来無限である。未知を追求していた芭蕉翁は、永遠の未知の狩人といえよう。

奥の細道は元禄二年（一六八九）の三月二七日（陽暦では五月一六日）に深川の芭蕉庵を愛弟子の曾良を連れて出立し、東北から北陸を回りながらの旅だった。九月六日（陽暦では一〇月一八日）に大垣から伊勢へ旅立つところで奥の細道は結びになっている。

四季折々、時間や天候の変化に伴い、旅の終着と新たな旅の起点に立ち、百代の過客（旅人）としての俳声を語り続ける芭蕉翁を感じた。なおも未知の遠方に夢を追う人生の姿勢として訴えかけてくるようであった。

私は、旅の半ば、羽黒山の山頂で晴天の蒼空に向かって両手を伸ばした。指の先が空の色に染まる。山麓から糸のようにつづいてきた道は、頂上に尽きてもまだ登路が蒼い空に連なっていた。そのとき天に所属している気がして、空の蒼さが指先から染め下がっていくのを感じた。遠く近く高峰が並び立ち、次に登る峰の約束を迫られた。

終着地の大垣で、私は芭蕉翁の後ろ姿を思い浮かべながら一句詠んだ。

空と海　重ねて惜しむ　旅情け

途上の旅人の終着地はない。人生の旅も永遠に続くのである。

森村誠一（もりむら・せいいち）

１９３３年埼玉県生まれ。青山学院大学卒業後、９年余のホテルマン生活を経て作家活動に入る。『高層の死角』で第15回江戸川乱歩賞、『腐蝕の構造』で第26回日本推理作家協会賞、『人間の証明』で第３回角川小説賞を受賞し、『悪魔の飽食』『野性の証明』など数多くのベストセラー作品を発表した。２００４年には第７回日本ミステリー文学大賞を受賞し、社会派推理小説の世界で不動の地位を築く。２０１１年には『悪道』で第45回吉川英治文学賞を受賞。

5/17

共同作業

芦沢 央

十日目にして、ようやく空が完成しようとしていた。

残っているのは、上下左右すら判然としない灰色のピースばかりだ。よりによって、と、もうこの十日間で三十回は考えた言葉が浮かぶ。

妻が、ダイニングテーブルで千ピースのウユニ塩湖のジグソーパズルを始めたのは、まったく存在感がないゴールデンウィークが終わったばかりの頃だった。よりによってそんなところで、よりによってその絵柄かよ——抜けるような青空を水面にも映した光景を前にこみ上げてきた言葉を、けれど俺は口にはしなかった。

代わりに俺は、妻の向かいに座り、端のピースを選り分け始めた。家の中には、ピースをかき混ぜる音と、ダイニングテーブルの脚がガタつく音だけが響く。じゃらじゃら、がったん。じゃらじゃら、がったん。

初めての共同作業です、という言葉がふいに浮かんで自嘲した。初めても何も、もう結婚十三年目だ。

だけど、こうして二人で力を合わせて何かをするというのは、ひどく久しぶりな気がした。結婚してすぐの頃にはよく一緒に家具を組み立てたり料理をしたりしたものだが、ここ数年は勤務時間がずれていることもあり、各々好きなタイミングで食事を済ませ、顔を合わせれば軽く話すくらいの関係性になっていた。

それが、突然二十四時間同じ家で過ごせと言われても、まあ、正直やりづらい。それでも一週間ほどは一緒に食事をしながら話していたが、しばらくして特に話したいこともないと気づいた。むしろ、話せば話すほどに意見はすれ違い、空気は悪くなっていく。

やがて、再び距離を置いて生活するようになり、食事の時間もずらすようになってきた頃、妻がインターネットで注文したらしいジグソーパズルが届いたのだ。そして、この十日間、会話はないものの何となく自然に役割分担をしながら進めてきて、ついに今日、完成しようとしている。

最後のピースを手に取ったのは、妻だった。

つまみ上げたピースを穴の上に掲げ、そこで躊躇うように動きを止める。たしかに、と俺は思った。これで終わりだと思うと、ちょっと寂しいな、と。

妻の腕が伸び、ピースがはまった。最後のピースが入っただけなのに、全体的に輪郭がはっきりしたようなウユニ塩湖を、二人で見下ろす形になる。

「ここ、行ってみたくない？」

「しばらく海外旅行は無理だろ」

妻の言葉に反射的に答えてしまってから、ああ、またやってしまった、と反省した。だが、もう遅い。

妻が口を噤んでパズルを分解し始めた。俺は数秒迷ってから隣に並び、ピースを鷲摑みにして箱に戻し始める。奥側のピースを取るためにテーブルに手をつくと、がったん、と大きくテーブルが傾いた。

ふいに、「それより」という言葉が口をついて出る。

「「このテーブルを」」

重なって響いた声に、妻へ顔を向ける。

一拍して噴き出した声も、重なった。

芦沢 央（あしざわ・よう）
１９８４年東京都生まれ。千葉大学文学部卒業。２０１２年『罪の余白』で第３回野性時代フロンティア文学賞を受賞し、デビュー。『許されようとは思いません』が第38回吉川英治文学新人賞候補、『火のないところに煙は』が２０１９年本屋大賞、第32回山本周五郎賞候補。他の著作に『悪いものが、来ませんように』『貘の耳たぶ』『カインは言わなかった』『僕の神さま』等。最新刊は『汚れた手をそこで拭かない』。

5/18

秘密の本

伴名練

絶対に、お姉ちゃんに見つかってはいけない。あたしの注文した監禁調教ＢＬ同人誌を。

自宅マンションのエントランスホールで観葉植物の陰に隠れ、あたしは集合ポストを見守っている。誰が見ても挙動不審、時おり通りがかるマンション住民が怪訝な目を向けてくるけれど致し方ない。

ＧＷの同人誌即売会が中止になって、一部のサークルは新刊の通販を行った。あたしがＳＮＳでフォローしている人気絵師・燕《つばめ》まろん先生もそうだ。新刊は冬にアニメが放送されたイケメンアイドルソーシャルゲームのＲ18二次創作本。先月一八歳になったあたしが、成人指定同人誌を買っても後ろ暗いことはないが、問題はお姉ちゃんだ。

古風な文学少女めいた佇《たたず》まいの大学二年生。温厚だけど線が細く、悪い男に騙されないか心配な姉。親元を離れて二人暮らしできるくらい姉妹仲は良好で、あたしが真っ昼間に居間で深夜アニメの録画を観ていても、「この子可愛いね」なんて一般人らしい素朴な感想を言ってくれる。

ただ、キスシーンが流れるだけで顔を真っ赤にする純真なお姉ちゃんが、ヤンデレ化した弟（一二歳）が無自覚誘い受け兄（一八歳）を監禁調教する一八歳未満お断り本をあたしが嗜もうとしていると知ったら、たぶんショック死する。そうでなくても翌日から合わせる顔が無い。

注文の時に局留めにすべきだったのに、頭が回っていなかった。同人誌を初めて通販したら家族にバレたという悲鳴がＳＮＳで複数上がって、やっと気づいたのだ。宛名は苗字しか書いておらず、先にお姉ちゃんが手に取ったら開けてしまう公算が高い。かくて連日、ここに張り付き郵便配達員を待ち構える事態となった。

時間を確かめようとスマホを操作していたら、カコン、と音がした。急いでポストを検めると荷物がある。我が家に駆け戻り自室へ飛び込んだ時、玄関から「ただいま」の声。丁度お姉ちゃんも買い物から帰ってきたようで、間一髪だった。

荷物の封が開けられた形跡もなく、中身は確かにお目当ての同人誌だった。安堵の息を吐いた後、違和感に気づく。切手が貼られていない。ならどうやって届いたんだ、この本は。

居間に向かうと、ソファに座ったお姉ちゃんが不自然に冷や汗を流し、目を泳がせていたので、あたしはつい尋ねてしまった。

「もしかして……燕まろん先生？」

羞恥の余り自室に立て籠《こも》った、燕まろん先生ことお姉ちゃんを宥《なだ》めすかして引きずり出すのに、一晩かかった。

伴名 練（はんな・れん）

１９８８年生まれ。京都大学文学部卒。２０１０年、大学在学中に応募した「遠呪」で第17回日本ホラー小説大賞短編賞を受賞。同年、受賞作の改題・改稿版を収録した『少女禁区』で作家デビュー。作品集『なめらかな世界と、その敵』は『ＳＦが読みたい！　２０２０年版』でベストＳＦ２０１９国内篇第１位に選出された。アンソロジー『日本ＳＦの臨界点［怪奇篇］』『日本ＳＦの臨界点［恋愛篇］』で編者をつとめている。

5/19

早坂 吝

爽やかな朝の日差し。小鳥のさえずり。薄暗い部屋に少女の声が響き渡る。

「金《かね》！　金！　金！」

バン！

布団から伸びた枯れ木のような細腕が赤毛の編みぐるみを叩くと、声は止まった。

それから一時間おきに人形は叫び続ける。

「金！　金！　金！」

バン！

その都度、腕が彼女を黙らせるのだ。

日が昇って沈み、室内が白から赤に変わる頃、少女は最後の一声を振り絞る。

「金！　金！　金！」

「うーん」

細腕の主が布団から這いずり出てくる。

早坂《はやさか》 吝《やぶさか》、覚醒。

彼は時計を見て驚きの声を上げた。

「何で起こしてくれなかったの⁉」

「何度も起こした。何度も何度もな」

枕元に置かれた赤毛の編みぐるみが答える。早坂吝のシリーズ探偵、上木《かみき》らいちの魂が封印されている編みぐるみだ。

「でも実際に起きてないじゃん！　起きたという結果が伴わない限り、君のした行為は『起こそうとした』という自己満足でしかない」

「永眠させたろか」

「ああ、時間がない時間がない」

「おや、ニートらしくない台詞」

「講談社の企画で5月19日に関するエッセイを書くことになってな。だから今日何らかの有意義な体験をしておかないといけなかったのに」

「そんなのニュースについて一言物申しとけばいいじゃない。ほら新聞」

「うーん、緊急事態宣言が段階的に解除されていくのは喜ばしいことだけど、例のアレはここで書くようなことでもない……」

「じゃあ5月19日が何の記念日かとか、過去にどんな事件があったかとかで蘊蓄《うんちく》書くパターンで。ほらＷｉｋｉｐｅｄｉａ」

「おお、その手があったか！」

「5月19日はボクシングの日らしい」

シュッシュッと交互にジャブを繰り出すらいち人形。

「ボクシングで書くことないしなあ。かといって他にも特に……」

「ボクシングの日」シュッシュッ。

「それはもう分かったから！　あー、どうしよ、日付が変わっちゃう‼　5月20日になっちゃうううう！！！」

「アホがあああ！！！！」

らいち人形の左ストレートが早坂の顔面を撃ち抜いた。

「お前は重大な勘違いをしている……」

「!?」

「大切なのは5月19日に『他人が何をしたか』ではない。『自分が何を成し遂げたか』だ。そうだろう?」

霧が晴れた感覚。

「ありがとう、ようやく気付いたよ。俺にできることは小説を書くことだけだって」

そう言ってパソコンに向かう早坂の後ろ姿を、らいち人形は変わらぬ笑顔で見送るのでした。

「ようやく『目が覚めた』ようだな……」

今日あなたは悔いのない一日を送れていますか?

早坂　吝（はやさか・やぶさか）

１９８８年大阪府生まれ。京都大学文学部卒業。京都大学推理小説研究会出身。２０１４年に『○○○○○○○○殺人事件』でメフィスト賞を受賞しデビュー。同作で「ミステリが読みたい！」新人賞を受賞。「上木らいちシリーズ」の『虹の歯ブラシ　上木らいち発散』『誰も僕を裁けない』『双蛇密室』『メーラーデーモンの戦慄』の他、近著に『殺人犯　対　殺人鬼』『犯人ＩＡ《イア》のインテリジェンス・アンプリファー　探偵ＡＩ　２』などがある。

5/20

今野 敏

ここ一ヵ月以上、ほぼ同じ生活をしている。自宅と直線距離で二百メートルと離れていない仕事場だけで、自粛生活だ。

うちでごろごろしていると、つい間食をしてしまう。空手道場も自粛で休みにしているので、まったく運動することもない。

その結果、血糖値と中性脂肪の値が急上昇してしまった。医者が言うには、「このままだと、立派な糖尿病だ」ということだ。

新型コロナを恐れていたら、あろうことか別の病気にかかりそうになったわけだ。

これはいけないと、一念発起。五月の初めから間食をぴたりと止め、午前中に自宅地下にある空手道場で、腕立て、腹筋、スクワット、そして空手の型などの運動を始めた。加えて、仕事場への行き帰りに、二十分ほど散歩をすることにした。すると、みるみる体重と体脂肪率が落ちていく。今まで、どれだけ自堕落《じだらく》な生活をしていたかが身に染みた。

五月二十日時点で、三キロほど減少し、体脂肪率も二パーセントほど落ちた。おかげで、体調は悪くないのだが、急にウエイトを落としたせいで疲労感がすごい。あと二週間もすれば体が慣れてくるはずだ。そうなってようやくウエイトコントロールの成功だ。

さて、新型コロナのせいで、糖尿病になりかけたと書いたが、実はそれだけではない。若い頃にパニック障害（当時は、不安神経症と言っていた）を長いこと患っていたのだが、この間、久しぶりにその感覚が襲ってきた。

おそらく、自粛生活をしていると、外からの刺激がないので、過剰に自分自身に眼を向けるようになるのだろう。加えて、テレビやネットでは新型コロナについての不安を煽《あお》るような話題ばかりだ。

普通なら気にしないような、喉の違和感などが、ひどく気になってくる。だんだんと不安が募る。こうした悩みは、なかなか他人には伝わらず、世の中で話題になることもない。

だが、間違いなく新型コロナ禍の一環だろう。精神的なメンテナンスも、きわめて重要なのだ。

さて、今日は理髪店に出かけた。気分転換になるかと言えば、実はそうでもない。一時間もじっと座っているのは、私にとって苦行なのだ。

鏡に映った自分を見ると、頬の丸みが落ちている。三キロ減の効果は大きい。

整髪が終わって理髪店を出ると、世の中ががらりと変わっていた。……などということがあれば、ショートショートっぽいのだが、そんなこともなく、また自粛生活が続くだけだ。

今野　敏（こんの・びん）

１９５５年北海道三笠市生まれ。上智大学在学中の１９７８年に『怪物が街にやってくる』で問題小説新人賞を受賞。卒業後、レコード会社勤務を経て作家に。２００６年、『隠蔽捜査』で吉川英治文学新人賞、２００８年、『果断　隠蔽捜査２』で山本周五郎賞、日本推理作家協会賞、２０１７年、「隠蔽捜査」シリーズで吉川英治文庫賞を受賞。また「空手道今野塾」を主宰し空手、棒術を指導している。近著に『任侠シネマ』『黙示』『オフマイク』『帝都争乱　サーベル警視庁２』などがある。

5/21

わたしたちの関係

相沢沙呼

朝食の時間だった。

それなのに、あの人はまったく起きる気配を見せない。ねぇ、いい加減に起きてよ。わたしがそう何度呼びかけても無反応で、朝早くに仕事へ向かう頼もしい姿はどこへやら。仕方なく寝室へと向かって、だらしない寝顔を見下ろした。わたしが声をかけると、彼は億劫《おっくう》そうに寝返りを打って、こう呻くだけ。

「もうちょっと寝かせて……。今日の仕事は十時からだから」

言いながら、捲《めく》れたシャツから覗くお腹をポリポリと掻いている。

あのねぇ。

思わず、げんなりとした。

いつからか、わたしたちの生活は一変してしまった。

はじめの頃は、むしろ嬉しい気持ちの方が勝っていた。いつも仕事で家を出てしまう彼が、ずっと家にいてくれるのだから。これまでとは比べられないほど、ふたりでいられる時間が増えて、わたしたちは閉じた世界での生活を満喫していた。ふたりで並んでテレビを眺め、夜遅くまで気兼ねなくふしだらな時間を楽しんでいた。いったい、いつまでこの暮らしを続けられるのだろうと、終わりが来ないことを祈っていたくらいだったのに。

「いやぁ、リモートワークは最高だね」

そんなことを言いながら、夜遅くまでひとりテレビゲームを楽しんでいる彼の姿に、わたしは苛立ちを憶えるようになっていた。

だって、時間はたくさんあるんだから、家事の一つでもすればいいじゃない？　それなのに、リモートワークとやらもなんのその。この人ったら、働きもしないで、ごろごろと惰眠を貪《むさぼ》ってばかり。それでいて、こっちが構ってほしいときには、仕事が忙しいから、とわたしを邪険に扱いはじめるのだ。しまいには、画面の向こうの同僚の女にデレデレし始める始末。本当に、こんな人だと思わなかった。

わたしたちの関係が変わってしまったのは、きっと一緒に居すぎたせいなのかもしれない。わたしの方も、彼がずっと家にこもっているせいで、自由気ままにひとりの時間を満喫することができずにいた。昼寝だって満足にできないし、こっそりおやつを食べるのにも気を使わなくちゃいけない。狭い部屋のせいで、のんびりソファーに寛ぐことすら満足にできない。だからといって、外出しようとすれば、彼に妨害されてしまう始末。なんの権限があって、わたしの行動を束縛するの？

ねぇ、わたしは、あなたにとって、どういう存在？

「そんな不満そうにするなって。お前にだって感染する可能性があるらしいぞ」

わたしの抗議を無視しながらも、彼はようやく働く気になったらしく、わたしを強引に連行しながら仕事机の前に向かう。

「しばらく、そこに入っててくれよ」

こんな居心地の良い箱を用意したからって、わたしの機嫌が良くなるなんて思わないでちょうだいね。あ、でも、これはこれで、なかなか収まりがいいじゃない？　そうね、今日は勘弁してあげるけれど、明日こそ、いつも通り、七時に朝食を用意しなさいよ？

ねぇ、ちょっと、わかってる？

「わかったわかった」

わたしの訴えも虚しく、彼はパソコンに電源を入れながら、笑って言った。

「猫は気楽でいいよなぁ」

相沢沙呼（あいざわ・さこ）

１９８３年埼玉県生まれ。２００９年『午前零時のサンドリヨン』で第19回鮎川哲也賞を受賞しデビュー。『小説の神様』は、読書家たちの心を震わせる青春小説として絶大な支持を受け、実写映画化。『ｍｅｄｉｕｍ　霊媒探偵城塚翡翠』で「このミステリーがすごい！」２０２０年版国内編第1位、「本格ミステリ・ベスト10」２０２０年版国内ランキング第1位、第20回本格ミステリ大賞などミステリランキング5冠を獲得した。

5/22

横関　大

俺は今、ビルの空き部屋にいる。世間の関心は賭け麻雀をした検察庁のお偉いさんに集まっているらしいが、俺はそんな騒ぎとは無関係だ。今日から仕事再開だ。

ライフルのスコープを覗く。真向かいにあるマンションの一室。だだっ広いリビングには誰もいない。そう、俺は殺し屋だ。

本来なら毒を使う。部屋に侵入して標的が口にするはずの飲料に毒を仕込む。だが今日は押し入れからライフルを引っ張り出してきた。殺しもリモートで、というわけだ。

リビングに男が入ってくるのが見えた。俺は引き金に指をかける。風が少々強いか。

今回の獲物は大物だ。Ｌの一族という泥棒一家の頭領、三雲尊《みくもたける》だ。三雲という男がどんな奴か知らないが、残念ながら今日で最期だ。俺は狙った獲物は確実に仕留めるのだ。

喉が渇いていた。俺はコンビニの袋から出した紙パックのフルーツ牛乳を開ける。口に運ぼうとした瞬間、俺はその匂いを嗅ぎ分けた。普段から毒物を扱っているため、絶対に間違いない。どうしてフルーツ牛乳に毒が？　さきほど立ち寄ったコンビニ。あのベトナム人の店員の仕業か？　いったいなぜ――。

風が幾分弱まる。頭の中に疑問が渦巻いていたが、俺は仕事を遂行することにした。標的は今、背中を向けている。

悪く思わないでくれ。こっちも仕事でな。

俺が引き金を引こうとした、そのときだった。スマートフォンが震え出した。見知らぬ番号だ。着信は止む気配がない。俺は画面を操作した。男の声が聞こえてくる。

「やあ、殺し屋君」

スコープに目を押しつける。携帯片手に男がこちらを見ていた。口元には笑みが浮かんでいる。俳優の渡部篤郎にクリソツだ。

フルーツ牛乳に毒を仕込んだのも奴の仕業か。Ｌの一族は殺しはやらない主義だと聞いていた。おそらく奴は、俺が飲む直前に必ず気づくと見越したうえで毒を仕込んだのだ。

「ステイホームだ」奴が言う。「自粛に疲れたのはわかる。そこは3密じゃねえし、飯を食うくらいは構わんだろ。そろそろ届く頃だ」

インターホンが鳴った。覗き窓から外を見ると宅配ピザの配達員が立っている。まったく何て男だ。今回は向こうが上手だったらしい。

「実はこれからオンライン麻雀をやるんだが、よかったら俺たちと一緒にやらないか」

スコープを覗き込む。三雲尊が不敵に笑って言った。「もちろん金なんて賭けずにな」

横関　大（よこぜき・だい）

１９７５年静岡県生まれ。武蔵大学人文学部卒。２０１０年『再会』で第56回江戸川乱歩賞を受賞。著書に連続ドラマ化された『ルパンの娘』『Ｋ２』をはじめ、『ルパンの帰還』『ホームズの娘』『グッバイ・ヒーロー』『スマイルメイカー』『ピエロがいる街』『仮面の君に告ぐ』『誘拐屋のエチケット』などがある。

5/23

アマビエより愛を込めて

ごとうしのぶ

土曜日は、ここ、桜《さくら》ノ宮坂《みやさか》音楽大学は全学部が休講である。が、大学内の有料チケット予約制で時間貸しのレッスン室は通常営業で、自宅で楽器（声楽を含む）の練習ができない学生には重宝されているし、大学にいくつかある大小のオーケストラ、またはトリオやカルテットなどの室内楽の練習も大学構内のあちらこちらで行われていた。

6月の鬱陶しい梅雨のシーズンを前に本日は気持ちの良い晴天、いつもは室内で行う練習を外で、青空の下で（厳密には直射日光は天敵なので何かしらの庇の下で）やりたくなるのは人情である。

「これが、駒澤《こまざわ》くんからわざわざ送られてきた画像？」

友人の野沢政貴《のざわまさたか》の手元を覗き込みながら葉山託生《はやまたくみ》が訊く。ポイントは〝わざわざ〟の部分だ。

「そうなんだ。悪霊退散？　じゃないな、疫病退散？　かな。まあ、どっちでもいいんだけど」

繊細そうな外見をしているが中身はざっくりしている政貴の、実に政貴らしい返答に、わざわざ画像を、――政貴を慮《おもんぱか》っての駒澤の行為が軽く流されたようで、気の毒になる。いや、高校時代からつきあっている恋人の反応など予想の範囲内で、この手のものはスルーされがちなのも慣れっこだとは思うのだが、にしても、の、ロマンチストな恋人を持つけっこうなリアリストしかも外見はロマンチスト、それが、託生の高校時代からの親しい友人であり音大でのライバルでもある政貴だ。

「……野沢くん、これ、もしかして、妖怪？」

遠慮がちに訊いた涼代律《すずしろりつ》は政貴と同じ楽器《トロンボーン》を専攻している友人で（もちろんライバルのひとりだ）、そっち系が大の苦手なのである。

「この程度で怖がるの、どうなんですかね」

　と冷静に突っ込むのは大学でも託生たちの後輩となった中郷《なかざと》壱伊《いちい》。決して横柄ではないのだが、超一流オーディオメーカーのナカザト音響社長令息の壱伊は、高校時代から先輩に対してナチュラルに物怖じしなかったし、現在もまったく物怖じしない。

「そうだ。こういうの、ギイは、喜ぶんじゃない？」

　ふと、政貴が閃く。

「確かに！」

　託生は大きく頷いて、政貴から画像データをもらうとそのままギイへメールした。

　ギイこと崎《さき》義《ぎ》一《いち》。託生たちが高校へ入学したときには世界でトップクラスの大学を既に卒業していてそれを隠して一般人（？）を装って同級生として高校生活を送っていた、頭脳もルックスも抜群でナカザト音響ですら足元にも及ばないほどのとてつもない家柄の御曹司であり、庶民の託生とは天と地ほどの様々な開きだったり差があるのだが、それらを一切気にしない、とことんマイペースな恋人、でもあった。

　相手が世界のどこにいようとも、タッチひとつで送れるメールはありがたい。しかも多忙なギイから珍しく、すぐにメールの返信が届いた。

「託生、メールの本文に「アマエビだよ〜」とあるが、これは〝アマビエ〟では？」

「え!?　甘エビじゃなくて、アマビエ!?」

間違いにどっと赤面した託生に、ギイからまたメールが届いた。そこには活きの良さそうなたいそう美しい甘エビの写真が。

その後、託生のケータイの待ち受け画面がしばらく甘エビの写真になっていたのは、経緯はどうであれ、恋人《ギイ》からもらった画像が託生には嬉しかったという、ほのぼのとしたオチである。

ごとうしのぶ
静岡県出身。水瓶座のB型。ＢＬ小説の金字塔的作品「タクミくんシリーズ」は累計５００万部を超える。

5/24

待つ日

赤川次郎

彼は呼び出しを待っていた。

ほとんど数秒ごとにドアへ目をやったが、ドアは開くことなく、時が過ぎて行った。

覚悟はできていた。どんな結果であれ、甘んじて受け入れる。自分のしたことの結果なのだから、それは当然のことだ。

落ちつかず、つい部屋の中を歩き回りながら、ふっと足を止める。

今、自分を取り巻くこの世の中の、何という醜さだろう。

次々に襲ってくる、天災、人災。その都度失われる命。しかし、誰もその責任を取ろうとしない。「絶対安全」だったはずの原発がメルトダウンという最悪の事故を起しても、忘れる間もない内にオリンピックを開こうと言い出す。船底にあいた穴を必死に手でふさぎながら、「さあ、世界一周のクルーズに出かけましょう！」と呼びかけているようなものだ。

いや、それは――と、彼は思った――俺のせいじゃない。俺の力でどうにかできるというものじゃなかった。それでも、ちゃんと腹は立てた。

しかし、それで充分だったか、と問われたら……。他に何ができただろうか。

腹を立てることはいくつもあった。眠っている女性をレイプしても、偉い人と仲がいいと捕まらないなんて、一体どこの国の話だ？　だが――俺も酔って同僚の女の子に抱きついたりしたことがある。そのときの女の子の気持なんか、考えてもみなかった。

そうだ。これから待っている世の中は、そういう腹の立つことで一杯なのだ。

だからといって――それは俺のせいじゃない。俺一人の力では何もできない。

「いや、違う」

と、足を止めて、彼は呟いた。

自分を待っているのが、どんな重労働でも、辛い試練でも、それを引き受けるのは、今の世の中を少しでも良くするために努力する、という約束をすることだ。どんなにわずかな、小さな力でも。

そのとき、ドアが開いて看護師が入って来た。

「無事に産まれましたよ！　元気な女の赤ちゃんですよ！」

２０２０年５月24日。――娘の誕生日のこの日は、同時に彼の「第二の誕生日」だった。

赤川次郎（あかがわ・じろう）

１９４８年福岡生まれ。１９７６年に『幽霊列車』でオール讀物推理小説新人賞を受賞しデビュー。「四文字熟語」「三姉妹探偵団」「三毛猫ホームズ」など、多数の人気シリーズがある。クラシック音楽にも造詣が深く、芝居、文楽、映画などの鑑賞も楽しみ。長年のミステリー界への貢献により、２００６年、第９回日本ミステリー文学大賞を受賞。２０１６年、『東京零年』で吉川英治文学賞を受賞。

5/25

薬丸 岳

「ただいま」

帰宅した夏目《なつめ》信人《のぶひと》は鞄と紙袋を妻の美奈代《みなよ》に渡し、マスクを外して洗面所に向かった。手洗いとうがいを念入りにしてリビングダイニングに行くと、食卓の真ん中にケーキが置いてある。壁には美奈代お手製の飾りつけがされていた。

五月二十五日——娘の絵美《えみ》の誕生日だ。

幼い頃に頭部に大きな怪我を負った絵美は長い間入院生活を送っている。毎年病室で絵美の誕生日を祝っていたが、今年はコロナウイルスの影響で面会が制限されてしまった。

「プレゼントは何にしたの？」先ほど渡した紙袋を見ながら美奈代が訊いた。

「店員さんに絵本を五冊選んでもらったんだ」

時計に目を向けると、夜の八時半だ。そろそろかと思っていると、ポケットの中のスマホが震えた。

看護師の『山本《やまもと》茉優《まゆ》』からの着信だ。

応答ボタンを押すと、マスクとフェイスシールドをした茉優の姿が画面に映った。

「準備はいいですか？」

茉優の言葉を聞き、美奈代がケーキに差した十五本のローソクに火をつけた。

夏目はスマホのカメラをケーキに向けながら、「ハッピーバースデイ・トゥ・ユー……」と口ずさんだ。美奈代と茉優の声が重なる。

「……ハッピーバースデイ・ディア・絵美ちゃん……ハッピーバースデイ・トゥ・ユー」

拍手の音とともに、美奈代がローソクの火を吹き消した。画面に映る絵美の顔が笑ったように思える。

来年こそは、この場所で、家族三人で誕生日を祝おう。その思いを画面越しに絵美に伝え、茉優に礼を言って電話を切った。

「やっと緊急事態宣言が解除されたわね。神様も絵美の誕生日を祝ってくれてるのかしら」

微笑みながら言った美奈代に、「きっとそうだね」と夏目は返した。

緊急事態宣言が解除されたといっても、多くの人たちはこれからも大変な生活を強いられる。明けない夜はないと歯を食いしばって必死に耐えている人たちが大半だろうが、それでも窃盗や詐欺や傷害などコロナ禍によってもたらされたと思われる事件がここのところ急増していた。

刑事という仕事に自粛や休業はない。

「そろそろ署に戻るよ」

夏目は美奈代に告げると気を引き締め直して玄関に向かった。

薬丸　岳（やくまる・がく）

１９６９年兵庫県生まれ。２００５年に『天使のナイフ』で第51回江戸川乱歩賞を受賞しデビュー。２０１６年に『Ａではない君と』で第37回吉川英治文学新人賞を、２０１７年に短編「黄昏」で第70回日本推理作家協会賞短編部門を受賞。『友罪』『Ａではない君と』『悪党』『死命』など作品が次々と映像化され、韓国で『誓約』が20万部を超えるヒットを飛ばす。他の著書に『刑事のまなざし』『その鏡は嘘をつく』『刑事の約束』『刑事の怒り』と続く「刑事・夏目信人」シリーズ、『神の子』『ガーディアン』などがある。

5/26

花ひらく

原田マハ

デスクに頬杖をついてスマホをいじっていたあおいは、なんの気なしに窓の外に目線を移した。狭い庭先に植えられた燕子花《かきつばた》が、緑色の尖った葉をぴたっと身にまとい、槍のように凜々と並んでいる。先端はうっすらと紫色を帯びて、やがて咲きこぼれる花の予感がある。

この春中学校に入学したあおいは、入学式いちにちきり登校して、クラスメイトの顔も名前もまったく覚えないまま、休校に突入してしまった。リモート授業は想定されていなかったので、教科書を読んで課題のプリントをやるしかない。つまんないなあ、と思っていたくせに、いざ緊急事態宣言が解除されて、来週から学校再開となると、行くのやだなあ、と思い始めていた。

父は都心の会社へ勤務を続けていた。せっかく通勤電車空いてたのに、また満員電車に戻っちゃうよ、と昨日、嘆いていた。母はリモートワークを続けていて、リビングのテーブルでオンライン会議中だ。「いや、ですからね、ですからそれは……」とパソコンに向かってぎゃんぎゃんまくしたてている。あおいは黙ってリビングの掃き出し窓を開け、庭へ出た。

　こんなところに、こんな花があったっけ？　と思いながら緑の小槍を眺めていると、「どうしたの？」と背後で母の声がした。

「この花……こんなのあったっけ？」振り向かずにあおいが訊き返すと、「ああそれ、燕子花ね。あおいの生まれ月に咲く花だからって、おじいちゃんが買ってきて植えてくれたんだよ」母が答えた。

　全然知らなかったことを聞かされて、あおいは急に緑の小槍に興味を持った。キッチンバサミをとってくると、てっぺんに固いつぼみを頂いた一本の茎を、根元に近いところでぷつんと切り取った。それをコップに挿して、ダイニングテーブルの上に置いてみた。

「どうしたんだ、これ」満員電車でぐったりして帰ってきた父が、テーブルの上のつぼみをみつけて尋ねた。あおいはなんとも答えなかった。「ひまなのよ、この子」母がくすっと笑ってつぶやいた。

朝昼晩、あおいはテーブルの上のつぼみと向き合いながら食事をとった。テーブルの上に花が、しかもまだつぼみの花が一輪、ある。ただそれだけで食卓の風景が変わった気がした。今日かな、明日かな。あおいは花が開くのを心密かに待った。つぼみは次第に紫色を帯びて、膨らんでいくように見えた。ところが、あともうちょっとで開きそうになったとき、急に咲くのをやめてしまったかのように見えた。花の先端はいましもほころんでいるのに、力尽きてしまったのだろうか。

「枯れちゃったのかな」

あおいのつぶやきを、キッチンのカウンターで食器洗いをしていた母が聞き留めた。

「咲くよ、きっと」

「どうしてそう思うの。枯れてるようにしか見えないよ」

「花はひらくとき、一番力を使うんだよ。ぐっと溜めて、あとは開くだけ。開くのは自然の力なんだから、大丈夫よ」

「なんでわかるの。花じゃないのに」

あおいの問いに、母は笑った。

「だって、お母さん、あなたを産んだんだもん。その時と一緒だよ、たぶん」

翌週、あおいの中学校生活が始まった。その朝、固かったつぼみをはらりと解いて花がひらいた。帰宅したあおいがみずみずしい紫の花に気づくのは、もうすぐのことだ。

原田マハ（はらだ・まは）
１９６２年東京都生まれ。２００５年「カフーを待ちわびて」で日本ラブストーリー大賞を受賞し、デビュー。２０１２年『楽園のカンヴァス』で山本周五郎賞受賞。２０１７年『リーチ先生』で新田次郎文学賞受賞。他の著書に『暗幕のゲルニカ』『たゆたえども沈まず』『美しき愚かものたちのタブロー』など。最新作は『ハグとナガラ』。

5/27

ゆらめく人影

麻見和史

相棒は昼食を買いに出かけている。

車の中から、如月《きさらぎ》塔《とう》子《こ》は前方の民家に目を向けた。

一昨日、東京都でも緊急事態宣言が解除された。だが静かな公園に隣接するこの住宅街には、ほとんど人通りがなかった。

塔子たちの目的は、捜査対象者の居場所をつかむことだ。強盗傷害の被疑者である男は、知人の留守宅に潜んでいるのではないか。それを確認する必要があった。

張り込みを続けるうち、おや、と塔子は思った。アパートの花壇にドロップの缶が置いてある。車を降りて近づいていくと、うしろから声をかけられた。

「すみません、それ、私のです」

振り返ると若い女性が立っていた。青いカーディガンにふわりとしたフレアスカート、背中には茶色いリュックサックが見えている。

「あ、ごめんなさい」塔子は軽く頭を下げた。「忘れ物だったんですね」

「いえ、それ、カメラなんです」

「これがカメラ？」

「針穴写真ってご存じですか。昨日から私、あの公園の近くを撮影していて……」

彼女は写真を見せてくれた。やや暗いモノクロ写真で、木炭デッサンのような味わいがある。路上に人影が写っていたが、なぜかぼんやりして輪郭がはっきりしなかった。

「誰もいないから自分を撮ったんです」彼女は目を細めた。「露光時間が長いので、ゆっくり動いたものはそんなふうに写るんですよ。姿がゆらめいて幻想的でしょう？」

「あの……ほかの写真も見せていただけませんか」

昨日の夕方撮影したという写真を、塔子は確認していった。そのうち決定的な一枚を発見した。民家の窓に人影がある。何度も外を窺ったのだろう、ぶれた像になっていた。

「やっぱりあの家に！」塔子は警察手帳を呈示した。「警視庁捜査一課の如月といいます。ご協力に感謝します」

女性は手帳を見て驚いていたが、じきに気を取り直したようだ。

「こんなときに、刑事さんも大変ですね」彼女は小声で言った。「毎日、息苦しくて気が滅入ります。早く元どおりになるといいんですけど」

そうですね、とうなずきながら、塔子はもう一度写真を見つめた。人通りのない街の風景は、ひどく寂しく感じられる。

――そういえば、あの人は針穴写真を知っているんだろうか。

カメラ好きの先輩刑事の顔が、頭に浮かんできた。

ひとけのない街の片隅で、塔子は報告の電話をかけ始めた。

世の中がどんな状況であっても、冷静に、確実に捜査を進めなくてはならない。それが刑事の役目なのだと、塔子は自分に言い聞かせていた。

麻見和史（あさみ・かずし）

１９６５年千葉県生まれ。立教大学文学部卒業。２００６年に『ヴェサリウスの柩』で第16回鮎川哲也賞を受賞し、デビュー。新人刑事・如月塔子の活躍を描く『石の繭 警視庁殺人分析班』が人気を集め、シリーズ化。本シリーズは『石の繭』『水晶の鼓動』『蝶の力学』がＷＯＷＯＷでテレビドラマ化されている。また、２０１６年に『特捜７ 銃弾』が、２０１８年に『警視庁文書捜査官』が『未解決の女 警視庁文書捜査官』としてテレビドラマ化された。

5/28

亀の恩返し

あさのあつこ

五月二十八日、快晴。ほぼ無風。

本当にいい天気だ。空は晴れ上がり、風は乾いて気持ちがいい。こういうのを〝五月晴〟と言うのだろうか。土手の草原に寝転んで、おれはさっきからずっと空を見上げている。空も風も草の香りも気持ちいいけれど、人間の世界はグダグダだ。

今朝、親父の広げていた新聞の一面は、京アニ放火の容疑者とコロナ対策の補正予算と九月入学見送りの記事で埋まっていた。どれも爽やかさとは程遠い。

ため息が零れた。このところ、ため息ばかり吐いている気がする。我ながら情けないけど、しかたない。知らぬ間に零れてしまうのだから。

おれは小学三年生で野球を始めた。それから、十八の年までずっと野球一筋だ。「時代はサッカーのもんでしょ」とか「バスケが今のトレンドだぜ。野球、旧すぎ」とかいうやつもいたけれど、おれは時代とかトレンドとか関係なく野球が好きだった。今年の一月、選抜出場決定の報せが届いたとき、冗談でなく死ぬかと思った。心臓が止まるほど嬉しかったのだ。高校球児にとって甲子園は特別の場所だ。その土を踏める。人生最大の幸福感ってやつを味わった。家族も学校も地域も沸き立ったけれど、おれの心の中が一番、歓喜の嵐に見舞われていたと思う。それが……中止だ。

選抜も夏の大会も中止。おれたち三年生は甲子園に挑む機会さえ失った。どうしようもない。ウィルス相手に怒りや嘆きをぶつけることはできない。

ああ、だけど、やっとここまで来たのに。

どこまでも碧い空を見上げ、またため息を吐く。

「恩返しをしよう」耳元で囁きが聞こえた……気がした。起き上がる。草むらがかさこさ動いた。目を凝らす。亀がいた。何の変哲もないクサガメだ。その亀が首を伸ばし、おれを見詰めてくる。え？　まさか。唐突に思い出す。ちょうど一年前、この土手をランニングしていた。そのとき、草の中でもがいている亀を見つけたのだ。足にビニールの紐が絡まり動けなくなっていた。で、おれはその紐をほどいて、川の中に返してやったのだ。それだけだった。いや、違う。川に放したとき亀が振り返った。

「おまえに恩返しする」。頭の中でそんな声が響いた。何だ今のと驚いたけれどすぐに忘れた。川の音を聞き間違えたのだと自分で納得していた。それしか考えられなかったから。

「甲子園で試合をしたいんだな。その願いを叶える」

やはり、頭の中で聞こえる。亀がにやりと笑った。それから、ゆっくりと草むらに消えていった。

甲子園で試合ができる？　まさか、そんな……。五月の陽光と風の中、おれは息を詰めて座っていた。

あさのあつこ

１９５４年岡山県生まれ。青山学院大学卒業後、小学校講師を経て、１９９１年に『ほたる館物語』で作家デビュー。『バッテリー』で野間児童文芸賞、『バッテリーⅡ』で日本児童文学者協会賞、「バッテリー」シリーズで小学館児童出版文化賞、『たまゆら』で島清恋愛文学賞を受賞。

5/29 子供の家出

垣根涼介

この日は、机に終日かじりついて小説を書いていた。月末に連載の〆切があったからだ。気がつけば、ＣＯＶＩＤ―19の非常事態宣言は、四、五日前に解除されていた。

私は、小説を書くのが遅い。物書きになって二十年ほどが経つが、情けないことにこの執筆スピードには、一向に改善が見られない。

年の平均執筆ペースは、原稿用紙換算で六百から七百枚という感じだろうか。六百枚の小説なら年に一冊、千二百枚という分量の小説が出来上がるまでには二年かかってしまう。

かつて、この執筆ペースで先輩の作家からよく注意されることがあった。

「もっと書け。いっぱい書け。とにかく書け」と。

今も、たまにたしなめられる。少し前に、年長の作家から笑いながらこう言われた。

「この前、Ａさんに会ったら言ってたぞ。『垣根は、全然書いてないじゃないかっ』って」

これには返す言葉もなく、仕方なしに苦笑するしかなかった。

個人的には、小説を書くという行為は、将棋の指し手に似たものがあると思っている。初手に、どの駒をどんなふうに動かすのか。それは感覚の世界でもあり、先々の展開をある程度見越した上での計算でもある。それを受け、次の打つ手でもまた迷う。自分が思い描いているラインに、なんとか確実に乗せていこうと試行錯誤する。

一番泣きたくなるのは、この初手から前半に続く布石だ。文字を置くたびに一時間に三十回ほどはため息をつき、（この感じは、ちょっと自分が思っている方向と違うな……）などと思い悩む。自己嫌悪がマックスになるのも、たいがいはこの時期だ。

挙句《あげく》、たまに逃げ出す。クルマに乗ったり、泳ぎに行ったり、散歩に出かけたりする。しかし、所詮は『子供の家出』だ。遊んでいるうちに、次第にやりかけた仕事が気になってくる。戻ってくる場所は、結局は執筆デスクの前しかない。仕事で出来たストレスは、仕事で解消するしかない。

それでもこの気晴らしは、私にとっては束の間の救いになっている。カッカしている脳味噌も、いくぶんか冷静になる。

この自粛中で辛かったのは、それらの外出がまったく出来なくなったということだ。しばらく経った今も散歩に出るくらいしかできないが、それだけでも充分に違う。

ところで、この非常事態宣言の期間中に、気づいたことが一つある。

私は、見通しの利く部屋が好きだ。籠りがちな仕事なので、パソコンから顔を上げた時くらいは、ぼんやりと遠くを眺めたい。窓の外の風景を見て、多少はすっきりしたい。これも一瞬の気晴らしだろうが、眼精疲労を予防する意味もある。

そんなある日、気づいたのだ。

いつものように、港や、海の上にかかる橋や、はるか先の水平線上に半島が見える。

——あれ？

橋の上を行き交うクルマが、今日はやけにくっきりと見える……。先の景色にしてもそうだ。いつもはぼんやりと霞がかかったようにしか見えない半島も、その海岸沿いにある工場群の煙突まで、一本々々がはっきりと見て取れる。

人々の生産活動や移動の自粛により、都市部の大気が明らかに澄んできていた。おそらくは地球規模でもそうなっている。

物事は、常に引き換えになっているものがあるのだと感じる。

垣根涼介（かきね・りょうすけ）

１９６６年長崎県生まれ。筑波大学卒業。２０００年に『午前三時のルースター』でサントリーミステリー大賞と読者賞をダブル受賞してデビュー。２００４年『ワイルド・ソウル』で大藪春彦賞、吉川英治文学新人賞、日本推理作家協会賞の３冠受賞に輝く。２００５年『君たちに明日はない』で山本周五郎賞、２０１６年『室町無頼』で「本屋が選ぶ時代小説大賞」を受賞。他の著書に『光秀の定理』『信長の原理』などがある。

5/30

ついてくるもの

彩瀬まる

赤ん坊を胸にくくりつけていた頃、厄介なつきまといにあっていた。

朝夕、子供の送迎で保育園へ向かうたびに周囲の路地から現れ、ぴったりと背後について話しかけてくる。見た目は六十代ほどの小太りの男。カワイイね何歳？　どこに行くの？　どこに住んでいるの？　と早口で子供の個人情報を聞いてくるのがすごく怖い。相手をせずにその場を離れると自転車で追いかけてくる。スーパーの出入り口に待機して、私の会計が終わるのを待ち構えている。警察に相談し、現場に居合わせた知人のコンビニ店長にも睨んでもらった。それでも駅や公園など様々な場所で、人目をさっとかいくぐり、つきまといは二年近く続いた。

ある日、駅の改札口でその不審者を見つけた。男は半笑いでこちらを見ていた。私はいつものように嫌悪感から目をそらし――「しっ、目を合わせちゃいけません」と教育ママっぽい母親が子供の手をぐっと引く、あの漫画の表現はどういう経緯で生まれたのだろう。無意識のうちに私は、危険なものとは目を合わせてはいけない、と思い込んでいた――駅の床に目を落とした直後、ムラムラッと湧いた強烈な怒りに突き動かされ、顔を上げて男の目を見返した。視線が強く嚙み合った瞬間、相手が怯むのが分かった。男は顔を背け、そそくさとその場を後にした。

　危険なものから、目をそらしてはいけない。目をそらしたら、それはついてくる。見て、対処の意志を見せることから自衛は始まるのだと痛感した。その後、朝夕のつきまといはやんだ。

　数年、その不審者のことは忘れていた。緊急事態宣言が解除された五日後、昼間に子供と自転車の練習をして、夕方に一人で買い物に出かけた。薄曇りの過ごしやすい日で、まだ町に人は少なかった。二ヵ月続いたその静けさに、慣れつつあった。

　昼間に路肩で樹木の伐採作業をしていた幾人かの男のうちの一人が、まだ同じ場所にいた。上背があり筋肉質な、四十手前くらいの男だった。数時間前に横を通った際、やけにこちらを見てくるなと変な印象が残っていた。道具もなく、周囲は既に片付いていたのに、まだ男は植え込みの前で作業をしている素振りを見せていた。

この男のそばを通るのも、背を向けるのも、なんとなくいやだ。漠然とした不安に襲われ、男がいる場所の数メートル手前の小道へ入った。

慣れ親しんだ道をしばらく歩いて、ふと思い出した。

危険なものから、目をそらしてはいけない。

振り返ると、先ほどの男が小道に入って後をつけてきていた。距離はほんの十メートルほど。私の動きに合わせて大きく顔を背け、元の道へと走り去っていく。帰宅して通報すると、私の他にも同じ場所で同じ風体の男につけ回されたという女性からの連絡があったらしい。

外出を控える気運は残るだろう。人通りはすぐには回復せず、夜間に営業しているお店の数も減っている。どうかみなさん、気をつけてください。

彩瀬まる（あやせ・まる）

１９８６年千葉県生まれ。２０１０年「花に眩む」で第9回女による女のためのR－18文学賞読者賞を受賞し、デビュー。２０１６年『やがて海へと届く』で、第38回野間文芸新人賞候補。２０１７年『くちなし』で第１５８回直木賞候補、２０１８年同作で第5回高校生直木賞受賞。著書に『さいはての家』『森があふれる』『珠玉』『不在』『まだ温かい鍋を抱いておやすみ』など。

5/31

西村京太郎

コロナで外出せず、一日中本を読み、ＴＶを見て、原稿を直す。充実しているがつまらぬ。

今日はダービーである。売れない頃、一年間、府中の東京競馬場で警備員のアルバイトをしていた。昔々の話である。日当五百円。ＧＩの日は百円、ダービーの日は二百円のボーナスが出た。

私の記憶にある名馬といえば、誰が何といおうとハイセイコーである。地方競馬（大井だったと思う）出身で、血統もよくわからぬ。何処《どこ》の馬の骨ともわからぬが、大柄な馬体で、中央競馬に出てくるや連戦連勝、それもハナとか1／2馬身というケチな勝ち方ではなく、何馬身も引き離しての圧勝に、たちまち地方出身の若者たちや不遇を嘆く連中がハイセイコーのファンになった。

そしてダービーに登場。予想はガチガチの本命。誰もが、いならぶ名馬を蹴散らしての圧勝――しなかった。コロリと負けてしまったのである。しかし、

（バカヤロウ！　肝心の時に負けやがって！）

とは、ならなかった。それどころかコロリと負けたハイセイコーを、みんな一層好きになった。毎日一所懸命がんばってるのに、肝心の時ヘマをしてしまう連中も、ただの怠け者も、不遇な連中は、みんな自分をハイセイコーに投影したのだ。売れない作家の私も。

結局、われらがハイセイコーは、連戦連勝とGⅠコロリを繰り返して終ったような気がするが、だからこそ、みんなハイセイコーを愛したともいえる。

引退したあと、ハイセイコーの騎手《ジョッキー》が、『さらばハイセイコー』というレコードを出した。素人歌手だから、声がふるえる。それがまた哀切を帯びてたまらなかった。競馬の歌で、ベストセラーになった例を他に知らない。

私も歌った。途中の歌詞を忘れても、最後に「さらばハイセイコー！」と叫ぶと、何故か

涙が出た。不覚である。

今年のダービーは、ピカピカの血統馬が予想どおり圧勝した。こういう競馬も悪くはないが、私としては、第二のハイセイコーが出て来て欲しい。これは本気である。

西村京太郎（にしむら・きょうたろう）

１９３０年東京生まれ。１９６３年に『歪んだ朝』でオール讀物推理小説新人賞、１９６５年に『天使の傷痕』で江戸川乱歩賞を受賞。１９８１年に『終着駅《ターミナル》殺人事件』で日本推理作家協会賞長編部門を受賞。鉄道推理に新境地をひらき、トラベルミステリー隆盛の先駆者となった。２００４年に第８回日本ミステリー文学大賞、２０１９年に「十津川警部」シリーズで第４回吉川英治文庫賞を受賞。

6/1　ぼくは泣いた

月村了衛

「公園に行ってくるわ」

冷凍食品のチャーハンを平らげた後、孝史はそう言って遊びに出ようとした。小学校はいつまで経っても休みのままだから、昼食の後は何もすることがない。

いつもならスマホから顔も上げずに「気ぃつけてな」と言うだけの母が、その日は違った。

「行ってもええけど、裕太くんがおったらすぐに帰ってきいや」

「なんでや。ぼく、裕太くんと遊ぶの好きやねん」

驚いて聞き返す。裕太は孝史と同じ三年生で、一番の仲良しだった。

「裕太くんのママの勤めとる病院で感染者が出たんやて。今ＬＩＮＥで回ってきたんや」

「そんな関係あらへんやん」

「アホかあんたは。関係あるから言うとんねやがな。あんたにまで病気が移ったらどないする気や」

孝史は混乱した。

「裕太くんや裕太くんのママが病気になったん？」

「そうやないけど」

「そやったらええやんか」

「ようないて。まだ発病しとらへんかってもな、病院に勤めとる人も病気持っとる可能性があるんや」

束の間考えてから、孝史は尋ねた。

「お医者さんとか看護師さんとか、みんな病気になるかもしれへんゆうこと？」

「そうや」

「そやったら、誰が病気治すのん？」

母は詰まったようだった。

「いつも言うてたやん、裕太くんのママは病院でよう働いて、一人で裕太くん育てとってえらいなあて。あれ嘘やったん？」

「嘘やないけど」

「ぼくらかて風邪引いて裕太くんのママに診てもろたことあるやん」

「なんやこの子は、しょうもない理屈ばっかり言うて。ええか、もう裕太くんに近寄ったらあかんで。一緒に遊んだりしたら二度と家へ入れへんからな。よう覚えとき」

今まで見たこともないような形相で母は怒鳴った。とても嫌な顔だった。

三年生になって初めて、孝史は声を上げて泣いた。

月村了衛（つきむら・りょうえ）

１９６３年大阪府生まれ。早稲田大学卒業。２０１０年『機龍警察』で小説家デビュー。２０１２年に『機龍警察　自爆条項』で第33回日本ＳＦ大賞、２０１３年に『機龍警察　暗黒市場』で第34回吉川英治文学新人賞、２０１５年に『コルトＭ１８５１残月』で第17回大藪春彦賞、『土漠の花』で第68回日本推理作家協会賞、２０１９年に『欺す衆生』で第10回山田風太郎賞を受賞。他の著書に『東京輪舞《ロンド》』『悪の五輪』『暗鬼夜行』『奈落で踊れ』『白日』などがある。

6/2 不要不急

麻耶雄嵩

とある事情でアパートが全焼して丸裸で焼け出されたため、しかたなく実家に舞い戻った。三食昼寝付きの実家はなんとなく居心地がよくて、新居選びをグズグズしているうちにコロナ騒動で大阪に戻れなくなった。愛車は県外ナンバーなので、閉鎖的な近隣住民から投石されたり「出て行け！」と油性ペンで落書きされたりと散々だった。大阪が恋しくなり、事務所に泊めてもらえないかとメルカトル鮎《あゆ》に打診したところ、コンプライアンスに反するから越境するなと冷たく拒絶された。

ようやく五月末になって緊急事態宣言が解除されたので、久しぶりにメルカトルの事務所に遊びに行った。泊めてもらうにこしたことはないが、今ならホテルも底値で選び放題なので不安はない。

「このご時世に、むしろ血色がよくなっているな。美袋《みなぎ》君」

挨拶もそこそこにメルカトルが揶揄う。探偵事務所のテーブルには、巨大な法隆寺五重塔の木造模型が置かれていた。八十センチ近い高さで、最上部の屋根がまだ未完成だった。私の視線に気がついたのか、

「暇だったからな。上手くできているだろう」

手先が器用なことより、メルが真面目にステイホームしていたことに驚く。

「呑気そうだけど、この春は殺人犯も自粛していたのか？」

田舎ではコロナのニュースばかりだったので、大阪の事情にすっかり疎くなっていた。するとメルは「まさか」と笑いながら、

「逆だよ。謀殺は激増している。夜道に人が少なければ被害者宅に忍び込むのも、被害者を待ちぶせするのも目撃されにくい。しかもマスクで顔を隠しても怪しまれない。むしろ今がチャンスと不要不急の殺人すら起こっている始末だ」

「犯人はコロナが気にならないのか」

「人目を避けて犯行に及ぶから、必然的に三密は避けられる。それに犯罪者にとって一番重要なのは、世間の名探偵たちが不要不急の捜査をしなくなることだ」

「不要不急の捜査？」

そう、としたり顔でメルは頷いた。

「能力の優れた探偵ほど貯蓄がある。つまりこの時期慌てて依頼を受ける必要もない。聞き込み一つにも嫌な顔されるしな。ましてや君でも知っているような高名で高齢な名探偵は、命に関わるから蓑虫のごとく蟄居している。今どき現場にいるのは金回りの悪いザコ探偵ばかりだよ」

「でも君はまだ若いだろ。かき入れ時だったんじゃないのか？」

「のこのこ出張って、木っ端探偵なんかと同一視されるのも気分が悪い。なに、慌てる必要はないさ。これ幸いと、どさくさに紛れて事を起こす犯罪者など、いくら初動が遅れようが充分間に合う。今はまず五重塔を完成させるのが先だ。こちらのほうが並の難事件よりはるかに手間暇がかかる。……それに不要不急な依頼を翌月に先送りするだけで、不要不急の金が入ってくるしね」
途端に悪い顔になった。

麻耶雄嵩（まや・ゆたか）
１９６９年生まれ。京都大学工学部卒業。大学では推理小説研究会に所属。１９９１年に『翼ある闇　メルカトル鮎最後の事件』でデビュー。２０１１年『隻眼の少女』で第64回日本推理作家協会賞長編及び連作短編集部門、第11回本格ミステリ大賞を受賞。２０１５年『さよなら神様』で第15回本格ミステリ大賞を受賞。

6/3

数多《あまた》の英雄たち

知念実希人

映画が好きだった。特にヒーローが世界の危機を救うようなハリウッド映画が。幼い頃はよく、大人になった自分がヒーローになり、戦場を駆け巡って、宇宙の彼方《かなた》、海の底、はては時空のひずみからやって来た侵略者と戦うという夢想に耽《ふけ》っていた。

「いつから、夢を忘れていたんだろうな……」

顔を上げる。正面にある鏡の中で、若草色の手術着を着た、痩《や》せた男が皮肉っぽく唇の端を上げていた。まだ三十代半ばだが、目立つ頬骨、目の下の濃いくま、そして力のない表情のせいか、十歳以上老けて見える。

年を重ねていくとともに、自分が特別な人間ではないことを呑み込んでいった。この世界にはヒーローなんて必要ない。なぜなら、戦うべき『敵』など存在しないのだから。そんな常識にいつしか浸かっていた。

けれど、それは間違っていた。『敵』は姿も見せることなく、ゆっくりと日常を侵食していった。

睡眠不足と連日の激務で重い頭を振った男は、手にしていたN95マスクで口元を覆うと、防護服、サージカルキャップ、フェイスガード、そして手袋を身につける。

「……行くか」

マスクの中で呟いた男は、重い足取りで更衣室を出て白い廊下を進んでいく。正面に巨大な金属製の扉が見えた。扉の数メートル手前に緑のテープで引かれたラインの前で、男は足を止める。

これは『日常』と『戦場』の境界線。ここから先は『敵』の領域だ。

男はラインを踏み越えると、フットスイッチに足を差し込む。重い音を立てて扉がスライドしていった。幾重にも重なった心電図モニターの電子音と、人工呼吸器の駆動音が鼓膜を揺らす。

十数人床のＩＣＵ。そこに並んだベッドに横たわる重症患者たちを冒《おか》しているものこそ、いま全人類を脅かしている『敵』だった。

ここは戦場だ。気を抜けば、自分も『敵』に襲われる。

「俺はヒーロー……」

マスクの中で男は小さくつぶやく。

そう、自分はヒーロー。人類の『敵』と戦うヒーロー。

自分だけじゃない。医師、看護師、検査技師、救急隊員、研究者……。世界中で、数多のヒーローがいま、命を賭《と》して『敵』と戦っている。

一人一人の力は小さなものだ。けれど、力を合わせれば必ずこの強大な『敵』を倒すことができる。

映画の中でヒーローたちが、世界を救ってきたように。

だから、いまは前を見よう。先の見えないこの昏《くら》いトンネルに、光が差し込む日を待ちながら。

男は胸を張ると、戦場へと大きく一歩、踏みだした。

知念実希人（ちねん・みきと）

１９７８年生まれ。東京慈恵会医科大学卒業、内科医。２０１１年、ばらのまち福山ミステリー文学新人賞を受賞し、『誰がための刃　レゾンデートル』（『レゾンデートル』と改題し文庫化）でデビュー。医療ミステリー「天久鷹央の推理カルテ」シリーズなどが評判を呼ぶ。２０１４年刊行の『仮面病棟』は75万部超のベストセラーになり、２０１７年『崩れる脳を抱きしめて』、２０１８年『ひとつむぎの手』、２０１９年『ムゲンのｉ』と本屋大賞３年連続ノミネートを果たす。

6/4 虫の日

高橋克彦

六月四日が「虫の日」であるとは知らなかった。

ただの語呂合わせだろうが、休日に制定されていないので大方は知らないに違いない。どうせ語呂合わせなら、自分の楽しみや欲を捨てて他に尽くす「無私の日」とか、自分や家族の喜びのためだけを優先する「無視の日」、あるいは医療の向上や交通事故、暴力の根絶を願う「無死の日」などの方が多くにアピールしやすそうに思えるが、「虫の日」とはなんだか洒落ている。

これは日本語の語呂合わせなので他の国には通用しない。いや、私が知らないだけで、世界にも「虫を愛でる記念日」があるのだろうか。虫と言っても気が遠くなるくらいの種類が存在し、その大方は嫌われている。害虫に対する益虫の比率はたぶん5パーセントにも満たない。

そもそも虫という呼び名はどこから生まれたものだろう。語源を探って見たが、よく分からない。漢字については「まむし」から生まれた象形文字と分かった。「ま」とは「真」だろうから、古代には「まむし」が虫の代表であったと分かる。蛇のことを長虫と呼んでいたことでも明白だ。

けれど蛇は爬虫類で、我々の頭に描く虫とはだいぶ異なる。咄嗟に思い浮かべるのはゴキブリやら蠅、てんとう虫などなど。それらは昆虫で、本来漢字では「蟲」の字が当てられ「虫」とは別物として明確に区分けされていた。小さな生物が群生しているところから生まれたものだろう。ところが虫偏の漢字が増えるに従って両者の区分けが曖昧となった。とされているのだが、相変わらず「むし」と呼び始めた語源は不明のままだ。

いろいろと辞典や文献を当たり、たぶんこれだろうと思われる仮説に辿り着いた。「胸」の語源からの推測である。胸はすべての動物にとって一番大事な部位だ。心臓や大事な臓器がびっしりと詰まっている。すなわち動物の体の根源。今でこそ「むね」と発音しているが、古代では「みね」と言っていたのではないかという考察がある。「みね」すなわち「身根」であって、身体の中心、ということだ。それが時代を経るに従って「むね」に変化した。これには大きく頷ける。

となると虫の「む」も胸を意味している可能性が高い。いやいや「し」だとて「足」の「し」に繋がる。昆虫の一番の特徴は胸部に足が生えていることである。新たな発見をした気分になって嬉しかった。

今日が「虫の日」でなければ生涯考えようともしなかった問題である。

高橋克彦（たかはし・かつひこ）

１９４７年岩手県生まれ。早稲田大学卒。１９８３年『写楽殺人事件』で江戸川乱歩賞、１９８６年『総門谷』で吉川英治文学新人賞、１９８７年『北斎殺人事件』で日本推理作家協会賞、１９９２年『緋い記憶』で直木賞を受賞。

『風の陣』『火怨』（吉川英治文学賞受賞作）『炎立つ』『天を衝く』『水壁』の蝦夷五部作が代表作に。その他、『竜の柩』『火城』『時宗』、「完四郎広目手控」「だましゑ」シリーズなど、著書多数。

6/5　40分の1

真下みこと

生まれて初めてギャルメイクをした。

初めて使ったＺｏｏｍというビデオチャットアプリは、思ったよりも使いやすかった。画面の向こうで鏡に夢中になっている由紀に話しかける。

「メイクって、すごいね」

「ね」

笑いあうと、中学生の頃に戻ったみたいだった。友達と笑いあうのが、久しぶりに思える。

明日Ｚｏｏｍしよう、と由紀が言ってきたのは昨日のことだった。じゃあ一緒に動画を見ながらギャルメイクをしたいと私は言った。絶対楽しい、やろう。修学旅行で金木犀の練り香水をお揃いで買ったときみたいに、ふたりではしゃいだ。

くちびるのつやが足りない気がして、リップグロスを塗り重ねる。グロスの蓋を閉めたとき、由紀の声がした。

「日奈子、高校行ってないんでしょ？」

かち。完全に閉まった音がして、私は画面を見た。由紀は、画面の中の私の顔をじっと見ている気がした。

「田口っていう英語の先生が、2月から産休に入ったでしょ。私のお姉ちゃんが、臨時講師として、日奈子の学校に赴任したの。3月からは、休校になっちゃったけど」

こと。グロスが落っこちて、足の親指に当たる。拾わないと。

「でも、坂下日奈子って名前が書いてある席に、日奈子は座ってなかった。代わりに、鶴見さんっていうギャルっぽい子が、いませんって笑ったんだって」

からから。床は平らなはずなのに、グロスが転がっていく。鶴見さんの尖った声が、頭のやわらかいところに突き刺さる。

「ずっと、心配してた」

お布団みたいにふわふわと、尖った言葉を包み込むのは、由紀の声。転がっていったグロスを眺めて、拾わないと、と思った。

「メイクおーわり」

由紀は軽やかに笑って、プリントスクリーン機能を使って一緒に写真を撮ろうと言ってきた。リモート撮影なんて蜷川実花みたい、と笑いながら、何枚も写真を撮る。

学校に行っていたころのことを思い出す。もう、4ヵ月以上も前。

3学期になってすぐの席替えで、私は鶴見さんと隣の席になった。教科書を忘れたから見せてもらおうとしたら、鶴見さんも持っていなくて二人で怒られた。それから悪口を言われるようになって、教科書に落書きをされたり、机を隠されたりした。

1月の終わりくらいから、私は学校に行けなくなった。

あの頃の私は、40分の1のスペースを割り当てられていたのに、周りから押しつぶされているみたいに縮まっていた。

でも——。私は自分の顔を画面で確認する。別人みたいな、私がいる。画面の向こうの由紀に話しかける。

「私、変われると思う？」

「変われるし、変わらなくてもいいって、私は思う」

ありがとう、と小さくつぶやくと、私の顔の周りが黄色く光って、額縁みたいに見えた。

うちの学校にオンライン授業が導入されるという連絡が来たのは、Ｚｏｏｍを切った後だった。教室に行かなくてもいい。画面に映るだけで、クラスに入れる。

オンライン授業なら、画面は均等に分けられる。私も鶴見さんも、40分の1。誰も私の机を蹴らないし、椅子を隠さない。私は、学校に行ける。

受験まで、あと2年ある。こんなところで、負けられない。

本棚を眺めると、毎日ひとりで読み進めてきた教科書の背表紙が、なんだか光って見えた。

真下みこと（ました・みこと）

１９９７年埼玉県生まれ。早稲田大学在学中。２０１９年『＃柚《ゆ》莉《り》愛《あ》とかくれんぼ』で第61回メフィスト賞を受賞し、２０２０年デビュー。

6/6

リターン

尾崎世界観

今こそ、こんな時だからこそ、クラウドファンディングだ。今じゃもう、みんながやってる。大切なものを守る為にクラウドファンディングを立ち上げ、支援してもらってる。断捨離なんてもう古い。新しい時代が、分け合う時代が、すぐそこまで来てる。クラウドファンディングはちゃんと目に見える。怖くなった時、不安になった時、クラウドファンディングはいつもそばにいてくれる。部屋で一人、クラウドファンディングを開けば、ＰＣの液晶画面から漏れる光が私の顔を暗闇に浮かべる。現在集まってる金額。目標金額。達成に向けた残りのパーセンテージ。それらの数字が、私をちゃんと照らしてくれる。数値化された人の気持ちを眺めているだけで、じんわりと心が強くなっていくのがわかる。私はこれまで、数え切れないほどのクラウドファンディングに挑戦し、数え切れないほどのクラウドファンディングを達成してきた。

始めた直後、一気に跳ね上がり、そこからしばらくのあいだ停滞する。そして、いよいよ終了まで残り3日、さぁ、ここからが勝負だ。クラウドファンディングで支援を待つ間は、とても生きてるって感じがする。それからの団結と爆発で駆け抜ける。支援者に背中を押され、見えない敵に立ち向かい、倒す。そして、達成する。それがクラウドファンディングだ。そんな起承転結を、クラウドファンディングというストーリーを生きてる。お金が欲しいわけじゃないし、お金が惜しいわけじゃない。クラウドファンディングは人と人、気持ちと気持ちの繋がりだ。

いつも孤独で居場所がない。そんな私を救ってくれたのがクラウドファンディングで、そんな私を悩ませるのもまたクラウドファンディングだ。何度も達成を繰り返すことですっかり強くなった私の心は、もうクラウドファンディングを必要としなくなったはずだった。それなのに今、猛烈にクラウドファンディングがしたい。クラウドファンディングをしていない日々は、どうしようもなく退屈だった。

ある日、近所に住む西岡さんが庭で転倒して腰の骨を折った。それを聞いて、私の中のクラウドファンディング心が疼いた。

〈高齢者は生きる図書館。我が町の宝、西岡さんを助けたい〉

早速立ち上げたクラウドファンディングは無事に目標金額を達成し、私はお見舞いがてら西岡さんにそのお金を届けた。それなのに、西岡さんの表情は冴えない。せっかくの支援なのにと、私は気を悪くした。ここまではまだ我慢できたものの、続けて西岡さんは「こんな出所のわからない金なんて要らない」と怒りを滲ませ言い放った。私は呆然としながら、ただ西岡さんの口の端に溜まった泡を眺めるしかなかった。

「余計なお世話なんだよ。あんたはあんたで自分のことをやってくれ。俺は、自分が生きる為の金は自分で払うと決めてるんだ」

西岡さんはなおも止まらない。リターン用のブロマイド撮影や動画撮影、さらには高額支援者用に計画していた西岡さんとランチ、西岡さんとキャンプ、西岡さんと聖地巡礼、それらもすべて断られてしまった。こちらで勝手に決めてしまったことは反省しているけれど、それらもすべて、西岡さんの為を思ってのことだ。
私は途方にくれた。そして、心の中で燃える怒りの火を感じた。家に帰った私はすぐにＰＣを起動させた。まだ、心が熱くてしょうがなかった。暗闇の中、怒りに歪んだ自分の顔が浮かぶ。私は西岡さんに復讐しようと、また新たなクラウドファンディングを立ち上げた。

尾崎世界観（おざき・せかいかん）

１９８４年東京生まれ。ロックバンド「クリープハイプ」のボーカル・ギター。２０１２年、アルバム『死ぬまで一生愛されてると思ってたよ』でメジャーデビュー。２０１６年に刊行された半自伝的初小説『祐介』（現在は、書き下ろし小説を追加し、『祐介・字慰』として刊行）は大きな話題となった。近著に日記エッセイ『苦汁１００％ 濃縮還元』、対談集『身のある話と、歯に詰まるワタシ』がある。

6/7

雨のソーメン

田丸雅智

梅雨を控えたこの時期は、毎年のように蒸し暑い。

こんな日には、夏に先駆けてソーメンでも。

そんなことを考えて、おれはスーパーを訪れた。マスク姿の人たちとの距離を意識しつつ、ソーメンの棚へと足を運ぶ。

妙なものと出会ったのは、そのときだった。ソーメンのラインナップに、こんなものを見つけたのだ。

『雨のソーメン』

雨粒をあしらったオシャレなラベルにもなんだか惹かれ、おれは手に取ってみた。見た目は、普通のソーメンと変わらなかった。商品を裏返すと、製造所の欄には鎌倉の住所が書かれている。

まあ、これでいいか……。

そんな軽い気持ちで、おれはその品を買ってみることにした。

異変が起こったのは、帰宅してお湯に麺を投入したあとだった。それはとろけるようにお湯の中に消えていき、見えなくなったのだ。焦って菜箸ですくってみると、透明な麺が引っかかった。

それを見て、おれは雨みたいだなぁと不思議と思った。雨の残像が描く線——目の前のものは、あれを切り取って集めてきたもののように映ったのだった。

そうこうしている間にも麺は茹であがり、おれは早速つゆにつけてそれを食した。

味は、まさしくソーメンだった。が、どんどん食べてみるうちに、雨の匂いがしはじめた。それと同時に、頭の中に鮮明なイメージも浮かんできた。

しとしとと雨が降りしきる中、おれは石畳の道に立っていた。

周囲には、青、青、青。

咲き乱れていたのはあじさいだった。この場所には来たことがある、と、おれは思った。

あじさいの名所、鎌倉の明月院《めいげついん》だ。

たくさんの人々が、そのあじさいに見入っていた。無数の傘が揺れ動く。ぽたぽたと垂れ落ちるしずく。濡れた石段。その先に静かにたたずむ山門――。

気がつくと、ソーメンは最後のひと口になっていた。雨はいつしか止んでいる。

そのとき、おれはある変化に気がついた。目に映る部屋の中のあらゆるものが、まるで雨上がりのように鮮明に輝いているように見えたのだ。

おれは自然とこう納得していた。

なるほど、雨がいろんなものを洗い流して、視界がクリアになったのか――。

一拍置いて、おれは思う。

そう考えると、これからはじまる梅雨も、なんだか少し楽しみになるな、と。

もちろん、世にはびこる病が簡単に去ってくれるだなどとは思わない。が、もしかすると、降りそそぐ恵みの雨が、たちこめるいろいろなものを洗い流す。そんなことがあってもいいんじゃないか——。
おれは最後の麺をズズッとすすり、そうなったときの光景を想像してみる。
心はおのずと躍りだす。
雨が上がったあとの世界は、きっといっそう美しい。

田丸雅智（たまる・まさとも）
1987年愛媛県生まれ。東京大学工学部、同大学院工学系研究科修了。現代ショートショートの旗手として執筆活動に加え、「坊っちゃん文学賞」などにおいて審査員長を務める。また、全国各地で創作講座を開催するなど幅広く活動している。著書に『海色の壜』『おとぎカンパニー』『マタタビ町は猫びより』など多数。メディア出演に「情熱大陸」、「SWITCHインタビュー達人達」など多数。
田丸雅智　公式サイト：http://masatomotamaru.com/

6/8

ステイホームが終わったら

宇山佳佑

コロナ禍で結婚するカップルが増えたらしい。恥ずかしながらその流れに乗ることにした。プロポーズの言葉はもう決めてあるんだ。

「今日までどんな自粛にも耐えてきたけど、君を自粛することだけはできそうにないよ。宣言させてくれ。これは僕の緊急事態なんだ」

まさに名台詞。時世を踏まえつつ、ウィットに富んでいる。

この言葉で、僕は君を幸せにするよ。

僕らが出逢ったのは駅前のカフェ。最初は客と店員。でも会えば会話が止まらない。君は口数こそ少ないけれど、いつも楽しそうに笑ってくれていたね。そんな僕らが恋人同士になったのは、君の〝ある言葉〟がきっかけだった。

「わたしパグのことが大好きなんですよね〜」

不意の愛の告白。

店長さんとの会話を盗み聞きして驚いたよ。

小中高校と『パグ』って呼ばれていたことを店長さんには話していたけど、まさか君が親しみを込めて僕を『パグ』と呼んでいただなんて。

正直、恋人同士になれるかどうか不安だった。根気よく探した君のＴｗｉｔｔｅｒには『1年くらい前からウザい客に絡まれててマジで辛い！』ってあったから、もしかしたら恋愛恐怖症なのかもって思っていたんだ。

ていうか、ストーカーに悩んでいるなら相談してよ。僕らも出逢ってちょうど1年なんだから。僕ってそんなに頼りないかなぁ？

でも君は「大好き」って言ってくれた。だから僕も「好き」って伝えた。隣の席の若造のくしゃみと被っちゃったけど、君には届いていたはずだよね？　僕のことを見て、ニコッと笑ってくれていたから……。

その矢先のステイホーム。僕らの恋は時代に引き裂かれた。でも気持ちは変わらなかったね。君もそうだろ。昨日のＴｗｉｔｔｅｒに『やっぱパグが大好き』って書いてあったもん。僕の名前を書いたらストーカーにバレちゃうからね。所謂〝匂わせ〟ってやつなんだろ？

指輪も買ったよ。国がくれた10万円で。

さて、明日はカフェの営業再開。君に会ったらまずこの指輪を――

「ちょっとまーくん！　あんたちゃんとバイトの面接行きなさいよ！」

「うるせぇババア！　行くわけねぇだろ！　濃厚接触したらどうすんだ！」

ああ、そうさ。僕が濃厚接触したいのは、世界で一人、君だけなんだから。

おや？　Ｔｗｉｔｔｅｒが更新されたぞ。

『結婚しま～す！　コロナ婚で～す！』

こ、このツーショット写真の男……くしゃみの若造じゃねぇか!!

じゃあ、あの笑顔は僕にじゃなくて隣のこいつに送ったものなん!?　パグが好きってマジもんのパグのことなん!?　んんんざけんな！　気を持たせるような真似しやがって！　指輪買っちまっただろうが！　どうすんのさコレ!!

あ、今日は6月8日か……。お母さんの誕生日だ。

やれやれだ。親子のソーシャル・ディスタンス、たまには縮めてやりますかね。

宇山佳佑（うやま・けいすけ）

神奈川県出身。脚本家・小説家。著書には『ガールズ・ステップ』『桜のような僕の恋人』『君にささやかな奇蹟を』『この恋は世界でいちばん美しい雨』などが、脚本作品には『今夜、ロマンス劇場で』『信長協奏曲』などがある。

6/9

正しい町

三秋 縋

そんなつもりはなかったのに、あなたは反対方向の電車に乗り込んでしまう。いくつかの駅で乗り換え、さらにバスに揺られること数時間、気がつくとあなたは〈正しい町〉にいる。バス停に降り立った瞬間、少年時代の夏の匂いを含んだそよ風が吹き過ぎ、あなたの古い思い出の埃《ほこり》を払っていく。降り注ぐ蟬の声の中に、何か重要なメッセージを聞き取る。初めて訪れるその町を、あなたは自身の故郷以上に懐かしく思う。

当てもなく歩き、交差点に差しかかる。そこであなたは一目惚れというものが実在することを身をもって知る。彼女は朝顔の柄の浴衣《ゆかた》を着ている。歩みに合わせて、赤い鼻緒の下駄が涼しげな音を立てる。左手の薬指に光るそれは、何もかもが遅すぎたことを密やかに、しかしきっぱりと告げている。

彼女の傍《かたわ》らには当然、指輪の贈り主である彼がいる。彼女を目にしたときと同等かそれ以上の衝撃を、彼はあなたに与える。なぜなら彼はあなたと瓜二つの魂を持っているからだ。外見はそれほど似ていない。話し方だってまるで違う。それでもあなたは、自分という人間の取り得た可能性の形の一つが彼なのだと、一目見たときから確信している。

正しい町に属するあなたと、間違った町に属するあなたの目が合う。こんにちは、と向こうが挨拶する。それから何気ない調子で言う。「あなたは間違ってしまったんですね」。あなたは肯《うなず》き、同じように返す。「あなたは間違わずに済んだんですね」。それ以上の言葉は必要ない。二人の人生はそこで交差し、以後二度と交わることはない。別れ際に、彼女が振り向いて小さな微笑みを分け与えてくれる。その笑みがもたらした温かい痛みを、あなたは後生大事に抱えて生きていくことになる。

来た道を引き返し、あなたは〈間違った町〉に帰り着く。昨日まではそんな名前ではなかったのに。間違った町には色も香りも音楽もない。古い雑誌の一ページのような物悲しい倦怠が、土壌の奥深くまで染み込んでいる。季節の変わり目や何かの記念日、あなたは折に触れて正しい町に、そこにいた正しい自分に思いを馳せる。不思議と、嫉妬の念は湧き起こらない。あの町の本当の美しさを見ることができるのは、あの町を思ってこれほど心を痛めることができるのは、〈正しい町〉の正しさをわかっているのは、自分だけだと知っているからだ。

明かりを消して、あなたは眠りにつく。せめて正しい夢が見られますように、と祈りながら。

三秋 縋（みあき・すがる）

1990年生まれ。岩手県出身。2013年『スターティング・オーヴァー』でデビュー。

主な著作に『三日間の幸福』『いたいのいたいの、とんでゆけ』『君が電話をかけていた場所』『僕が電話をかけていた場所』『恋する寄生虫』『君の話』などがある。

6/10

友麻 碧

6月10日。私はひょっこりと巣穴から顔を出す。

我慢していた〝美味しいもの〟があります。

近所のパン屋の〝明太フランス〟です。

外出自粛期間も少し前に終わり、マスクをつけて人との距離感を気にしつつ、私はパン屋へと向かいます。

私の住まう地域は明太フランス激戦区であります。

明太フランスとはその名の通り、フランスパンに特製の明太子ペーストをたっぷり挟み込んだ、福岡発祥の罪深い食べ物。最近では福岡の新名物に名を連ねているとか、いないとか……

ピリリと辛い明太ペーストが、バリッとハードなフランスパンに、なぜかよく合います。最近では明太フランスだけではなく、様々な明太子系のパンを見かけます。クロワッサンの表面に明太ペーストを塗って焼いたものや、厚焼き卵と明太ペーストを挟み込んだサンドイッチなど。

どれも外さないので、明太子って凄い。

私が本日求めているのは、王道の明太フランス。

焼きたてを一本ゲットして、急いで帰ります。

最近少しずつ暑くなってきて、マスクの内側が蒸し蒸ししますね。人のいない場所で、マスクをずらして大きく深呼吸をすると、空気の匂いの懐かしさに、妙にハッとさせられたのでした。

さて。お家でさっそく、明太フランスを切り分けます。

あふれんばかりの明太ペーストが、切った断面から垂れてしまって、見るからにヤバいやつ。

きゅうりとトマトがおいしい季節になってきたので、炭水化物のお供にこちらも切ります。

カロリーの高そうなものにはきゅうりとトマトをぶつけがちです。

明太フランスはまだほんのり温かく、明太ペーストがたっぷりのったところを、まずはいただきます。

皮には焼きたてのパリパリ感が残っており硬め。だけど中は驚くほどもっちりしていて柔らかく、ガーリックバターがよく染みており、つぶつぶ感の残った明太ペーストが程よくピリ辛です。

なのに、噛んでいるとほのかに甘い。

ずっと我慢していただけあって、衝撃的に美味しい。え、こんな美味しかったっけ？

美味しいものは尊いです。諸々のストレスすら吹っ飛ばしてくれる。

いっそ拝む。ありがたや……ありがたや……

食べたいものを、食べたい時に食べられるというのは、当たり前のことではないのですね。

私は明太フランスとともに、そのありがたみを強く嚙み締めたのでした。

友麻 碧（ゆうま・みどり）
福岡県出身。「かくりよの宿飯」シリーズが大ヒットし、コミカライズ、ＴＶアニメ化、舞台化される。他著に「浅草鬼嫁日記」シリーズ、「メイデーア転生物語」シリーズ、「鳥居の向こうは、知らない世界でした。」シリーズなどがある。

6/11

どうせあの人は覚えていない

井上真偽

どうせあの人は覚えていない。

高校からの帰り道、一華《いちか》はしきりにそう自分に言い聞かせた。

あの人、というのは一華が雇っている家政婦のことである。名を橋田《はしだ》と言う。母親の死後、仕事で多忙な父親が突然連れてきた家政婦で、その父も亡き今は唯一の身内といっていい（無論あくまで雇用主と使用人という、ビジネスライクな関係だが）。

初対面の彼女はとにかく目つきが悪く、まだ幼かった一華は怖くてしばらく声もかけられなかった。その壁が崩れたのが、忘れもしない今日――この6月11日だ。

とある店のケーキを食べて、橋田が笑ったのだ。

父親の手土産だったが、それを橋田があまりに無表情に食べるので、一華はたまらず「美味しい？」と訊ねてしまった。すると次の瞬間、はっきりと口元に微笑が浮かんだのだ。

この人も笑うんだ――と一華は何だかそこで安心し、それ以来普通に話せるようになった。なのでこの日が、一華が陰で名付けた「橋田の笑顔記念日」。それでサプライズのお祝いを計画していたのだが――使用人をたまには労ってやるのも、主《あるじ》の務めだし――その肝心のケーキが、買えなかった。昨今の事情でお店が閉店していたのだ。

まあ仕方ないよね。それにどうせ橋田も、そんな些細なこと覚えてないだろうし――。


「あら、お嬢様」

自宅に着くと、玄関前に佇む人影があった。地味なひっつめ髪に白ブラウス、踝《くるぶし》までのロングスカート。橋田だ。買い物帰りだろうか。

「ただいま、橋田。今日の晩御飯は――」

言いかけ、ハッと息を呑む。

「橋田……それ……」

「ああ。これですか」

橋田は手に提げた紙箱を少し持ち上げる。

「今日のお祝いです。お嬢様が大好きな、例の洋菓子店のですよ。あそこ、今は予約注文だけで、店頭販売はしていないそうですね。先月予約しておいてよかったです」

混乱する。どうして。どうして、橋田があのケーキを——。

「どうして……わかったの？　私が今日、そのケーキでお祝いするつもりだったって……」

「はい？」

橋田が首を傾《かし》げる。

「逆になぜ、お嬢様がお祝いを？　お嬢様が私に初めて口をきいてくれた日なんて、まさか覚えているとは思いませんでしたが。あの時は衝撃でしたよ。最初は頑固に無口を貫いていたお嬢様が、私がケーキを一口食べた途端、目を輝かせて『美味しい？』って——たぶんあれ、味が気になりすぎて自然と声が出たのでしょうね。本当にお嬢様は食い意地が張っていらっしゃる——」

一華は大きく口を開けて、橋田を見た。

橋田は澄まし顔で横を向く。だが見守るうちにも、その耳が徐々に季節外れの桜色に染まり始めた。

「まったく……雇い主の御機嫌取りも、楽じゃありませんよ」

井上真偽（いのうえ・まぎ）
神奈川県出身、東京大学卒業。『恋と禁忌の述語論理《プレディケット》』で第51回メフィスト賞を受賞。続く『その可能性はすでに考えた』『聖女の毒杯　その可能性はすでに考えた』がミステリ界から高い評価を獲得し、各ミステリ・ランキングを席捲。さらに『探偵が早すぎる』がＴＶドラマ化、マンガ化され話題となった。近著に『ベーシックインカム』『ムシカ　鎮虫譜』がある。

6/12

国境なき少年少女団

市川拓司

今日、初めてわたしは仲間の「声」を聞いた。ユーリって名のロシアの少年だった。「声」は言葉よりもむしろ旋律や香りに近い。だからこそ言語の壁を越えて深く理解し合える。彼がすべてを教えてくれた。２０２０年は人類にとって大転換の年なんだそうだ。始まりは南半球の山火事だった。さらにはＣＯＶＩＤ―19、サバクトビバッタの群れ、巨大ハリケーンと、ありとあらゆる災厄が堰を切ったように人類を襲い始めた。人々は自然の脅威に恐れおののき混乱した。為政者たちは国境を封鎖し、保身のために他国を辛辣《しんらつ》な言葉で攻撃した。人々は分断され孤立した。

そんな中生まれたのが「わたしたち」だった。ユーリは自分たちは「国境なき少年少女団」なんだって言ってる。わたしたちに国境はない。願えば地球の裏側とだって瞬時に繋がり合える。皮肉なものだ。この能力を呼び覚ましたのは間違いなくこの「大分断」なのだから。人間はそのようには出来ていない。わたしたちは人の温もりを求め、誰かに愛を与えたいと願っている。それが禁じられたとき、わたしたちの中でなにかが芽生えた。繋がり合う力。言ってみれば自前のＳＮＳみたいなものだ。でも、この感覚はモニター越しのコミュニケーションなんかよりはるかにリアルで温かい。驚くほど深く共感し合えるし、不思議なほど相手に優しくなれる。とげとげしさなんて微塵もない。ユーリの話じゃ「仲間」はどんどん増えているらしい。毎日のように誰かが「覚醒」している。十代の子供たちに限定されているのは、脳の神経ネットワークの可塑性となにか関係があるらしい。

　仲間の少女たちの中には「癒やす」力に目覚めた者もいる。じつはわたしもそのひとりだ。これもまた過酷な状況が生み出した幸福な副産物だ。病や傷で苦しんでいる隣人をそっと抱き締め、「生きて！」と強く願う。不思議だけど、そうするだけで彼らの苦しみは癒えていく。ワンダーウーマンのように男たちを叩きのめす戦闘能力は無いけれど、わたしたちはいたわりの心で世界を救えるかもしれない。

わたしたちは大人のひとたちとは違う種なのかもしれない。ゼネレーションωありα。日毎に世界の優しさの総和が増えていく。もう、明日を恐れたりはしない。新しい世界は母親の愛のように大らかであって欲しいと思う。気前が良くて寛容で、ちょっとやそっとのことじゃ動じない。きっと、そんなふうになるって気がしてる。

市川拓司（いちかわ・たくじ）

1962年東京都生まれ。2003年発表の『いま、会いにゆきます』が映画化、テレビドラマ化され大ベストセラーとなる。著書には他に『吸涙鬼 Lovers of Tears』『恋愛寫眞 もうひとつの物語』『そのときは彼によろしく』『こんなにも優しい、世界の終わりかた』などがある。近著は『The Refugees' Daughter』（英語版のみ刊行）。

6/13

ニューノーマル

垣谷美雨

——君を見直したよ。我が社の救世主だ。

課長からのメールを見て、僕は思わずガッツポーズをした。

テレワークになってからというもの、僕の営業成績はぐんぐん伸びて、社内でトップに躍り出た。それまでは入社以来十五年間ほとんど最下位で、昇進も同期から後れを取っていた。熱意だけは誰にも負けないつもりだったけれど、なんせ口下手で上がり性だし、そのうえ下戸ときているから夜のつきあいも苦手だった。

けれど、そんな僕の欠点は、ネット上では雲散霧消した。顧客とのビデオ会議では、直接対面しないせいか緊張しなかった。グラフやイラストを駆使して作った資料をメールで送ると、思いのほか好評で、予想以上に多くの取引先から問い合わせがあった。毎日のように性能についての突っ込んだ質問が寄せられたから、僕は一つ一つ誠実に答えて、資金繰りに関しても親身になって相談に乗った。

僕がパソコンに向かう隣で、分散登校中の小二の健斗が漢字ドリルに励んでいる。

「お父さん、お仕事、楽しそうだね」

「まあな。やりがいがあるからね」

テレワークならパワハラも強制的な飲み会もない。そもそも僕の仕事は、製品の良さをアピールして顧客に購入してもらうことであって、私生活を犠牲にして深夜まで上司や顧客の酒の相手をしたり、お世辞を連発して気に入られようと必死になったり、同情を買うために自分を貶めてみせることではないのだ。

嬉しいことに、緊急事態宣言が解除されて以降も、テレワークを選択できるようになった。お陰で頭痛も胃痛もなくなって体調が良くなった。満員電車からも解放されたし、疲れたらゴロンと畳の上に寝転ぶ。そのまま昼寝をすれば、頭がスッキリして、次々とアイデアが湧いてくるし、関連書籍を読む時間も増えた。なんて効率がいいのだろう。

「お父さん、そろそろ散歩の時間だよ」

初夏の青空のもと、人通りの少ない道を選んで健斗と並んで歩いた。交通量が減ったから大気が澄んでいる。何より健斗といろいろな話ができる幸せをかみしめていた。小さな公園に寄り、二人でサッカーをして汗を流した。

「なあ健斗、夕飯は卵かけご飯と野菜炒めだけでいいかな？」

「うん、いいよ」

保健師の妻は残業続きで、ボロ雑巾のように疲れ果てて保健所から帰ってくる。妻に代わって家事全般をやるようになって、僕は初めて妻の不機嫌が理解できた。

「コンビニに寄って、お母さんの好きな抹茶アイスを買って帰ろう」

そう言うと、健斗の顔がパッと輝いた。「僕はチョコ味のにする」

ワーク・ライフ・バランスなんて、絵に描いた餅だと思ってきた。残業が多すぎて、疲れが取れる瞬間さえなくて、家庭を大切にできる日など永遠に来ないと思っていた。それなのに、新型コロナウイルスは、十年かけて進む世界を、この数ヵ月で達成してしまった。

もう元には戻れない。

絶対に戻りたくない。

「帰ったら一緒に洗濯物を畳もうぜ。手伝ってくれるよな？」

「僕ね、両端をこうやってピシッとしてから畳むの、上手なんだよ」

宙を切る健斗の小さな手に、幸せ色した夕陽が当たっていた。

垣谷美雨（かきや・みう）

１９５９年兵庫県生まれ。明治大学文学部卒。２００５年「竜巻ガール」で小説推理新人賞を受賞しデビュー。著書に『リセット』『結婚相手は抽選で』『ニュータウンは黄昏れて』『うちの父が運転をやめません』『あなたの人生、片づけます』『老後の資金がありません』『定年オヤジ改造計画』などがある。

6/14

石黒正数

全くこんな敏感な部分が恥ずかし気もなく下半身から飛び出ているんだから人間の体ときたら不完全だ。ＰＣのモニタから視線を外し下に向ける。赤黒く腫れ上がり疼く体の一部を右手で擦ると思わず「うっ」と声が漏れた。

足の小指を強打したのは13歳の時以来だ。あの時は骨折した。それ以来人一倍神経を使い、歩行の際は足を前に放らず爪先を立ててそっと下ろし、狭い場所では必ず足元に注意を払い30年間生きて来たが結局この様だ。

そもそもなぜこんな脆弱な形を成しているのかが分からない。狭い住宅、床置きの家具、土足厳禁スタイルで暮らす人間の足としてあまりにも無防備。象が羨ましい。あのどっしりとした頑丈そうな足。タンスの角にぶつけてもタンスの方がぶっ壊れるだろう。馬のように着地面全体が硬い爪になっているのも悪くない。

加えて今回の怪我には人間の不完全さの他にもう一つ原因がある。小指で思い切り蹴り付けた仕事部屋の椅子は本来ならそこに無いはずの物だ。

昨年から延々夜の住宅街に東京メトロ銀座線の深夜工事による騒音が響き渡っている。

最も不快だと気付いたのは硬い物をダダダと粉砕する音よりも地面を伝いマンションを震わせる微弱な振動。これが例えるなら冷蔵庫の傍にいるような、うなじが逆立つような気持ち悪さでめまいや手の震えを引き起こし集中力を奪う。

工事の位置によって同じ仕事部屋の中でも日々振動を感じるポイントが変わるため、元々並びで配置されていた三つのデスクを部屋のあちこちに分散し対策した。

つまり深夜工事が無ければその一歩はただ空を切って着地していたはずで、小指の怪我は東京メトロのせいなのだ。大体当初の説明では観光バス乗り場があるため日中の工事が出来ないのではなかったか。今や観光バスはおろか観光客さえいないのに深夜に工事を続けているのには余程深い考えがお有りなのだろう。是非ご高説賜りたいものだ。

恨みを込め再びモニタを睨む。先程から小指を擦りながら金輪際銀座線を使わずに方々へ移動するすべを検索していたが、結局分かったのは銀座線の利便性と昭和2年開業という長い歴史。

ならば深夜工事の振動の方をどうにかする技術はないのか。レーザー光線、３Ｄプリンタ、反重力モーター。

まあ無理だろう、なにせ長い進化の果てにこんな弱点さえ克服できない人類なんだから、と痛む小指に顔をしかめたのちネットショッピングサイトでスリッパを注文してＰＣの電源を切った。

石黒正数（いしぐろ・まさかず）

１９７７年生まれ。福井県出身。漫画家。２００５年『それでも町は廻っている』で連載デビュー。11年にわたる長期連載となった同作は、第17回文化庁メディア芸術祭マンガ部門優秀賞や第49回星雲賞コミック部門を受賞。そのほかにも『ネムルバカ』『外天楼』など著書多数。現在『木曜日のフルット』『天国大魔境』などを連載中。

6/15

神の手を離れて

川越宗一

「しまったなあ――」

神は下界を見下ろして呟いた。

この世界を創った日々を懐かしく思い返す。あのころは楽しかった。困難もあったが、おおむねは自分の思い通りに海が広がり、山が隆起し、生命があふれた。神にとって最大の、そして会心の事業であり、やり切った時はうっすら涙ぐんだ。

いっぽうで完成を急いだがために、わりかし行き当たりばったりになってしまったことも否めない。適当な仕事をしたつもりはないし、もし非難されようものなら「黙れ冷笑主義者め」と怒鳴りつけるだろうが、できあがった個々がどのように関連し、総体として世界がいかなる機序でうごめくのか、創った神にもわからなかった。

大陸がゆっくり動いていると知った時は「そんなふうにしたっけ」とびっくりしたし、巨大な地震が山を崩すと「え、なんで」と声に出してしまった。生命が環境に適応しながら増えていくさまはとても楽しかったから、隕石の衝突が大絶滅を引き起こしたときは「誰がやった！」と地団駄を踏んだ。

神は、わからないなりに世界に手を入れることもできた。だがしなかった。こちらをいじればあちらがおかしくなる、という事態を避けたかったし、成り行きを見守ることも創造の一過程かもしれぬと考え、ただ世界を眺め続けた。

そのうち「万物の霊長」とうそぶく生命種が地球に広がっていった。彼らが月を目掛けて飛ばしたものにぶつかりそうになったときは辟易したし、芋のデンプンを球状に整形して半発酵させた茶の煮だし汁と牛の乳を混ぜた液体に沈める食べ物とも飲み物ともつかない何かには「うわおいしそう」とつい唾を飲んだ。

神はいま、その「万物の霊長」が造った街の片隅を凝視している。彼らの言葉でいえば、そこには小さな病院があって、外来受診者から感染症の患者が出たため診療を取りやめている。無人の受付でＦＡＸがガビーと唸り、「燃やすぞ」などと書かれた紙を吐き出す。

「しまったなあ——」

謂われなき嫌がらせを見た神は、再び呟く。こんな世界を創ったつもりは、神には毛頭なかったのだ。

唇を噛みながら目を移す。診療所の外壁には「つぶれろ」「ここが感染源」などと書いた紙を貼られている。そこを、よちよち歩く幼子を間に挟んだ夫婦が通りがかった。

妻が貼り紙を指差すと、夫は頷いた。マスクをした二人は憤然とした目つきで病院の壁に爪を立て、紙の端っこから剝がしていく。

「帰らないの？」

子が舌足らずな口調で尋ねる。夫は振り向かず「ちょっと待ってな」とだけ答えて、めくれた紙の端を慎重に引っ張っている。その硬い雰囲気におびえたのか顔を歪めだした子を、「パパはこういうのが嫌いなの」といいながら、すでに一枚剝がし終えた母が抱き上げた。

「この病院じゃないけど、あんたも生まれるときにはお医者さんのお世話になってるんだよ」
神は少しだけ、けれど確かに、安堵した。自分の手で創り、すぐにその手を離れてしまった世界のこれからに。

川越宗一（かわごえ・そういち）
1978年鹿児島県生まれ、大阪府出身。龍谷大学文学部史学科中退。2018年『天地に燦たり』で第25回松本清張賞を受賞しデビュー。2019年8月刊行の『熱源』で第9回本屋が選ぶ時代小説大賞、第2回ほんま大賞、第162回直木賞を受賞する。

6/16

土蔵の梅酒

木内 昇

庭の梅が実をつけたら、梅酒を作ること。この古家を借りる、それが条件だった。母屋とは別に土蔵があり、代々ここに住む者は毎年梅酒を蔵に納めるのが習いだ、と大家は有無を言わせなかった。どんな所以があるか知れぬが、三十路の独身男には面倒極まりない作業である。入居を諦めかけるも激安の賃料に目がくらみ、年に一度の辛抱だと条件を吞んだ。六月頭に青梅を収穫する。水洗いして竹串でヘタをとり、氷砂糖と交互に瓶に詰め、ホワイトリカーを注ぐ。ここまでは存外楽だが、蔵に置いてしばらくは黴が出ないか見にいかねばならんのが鬱陶しい。

蔵は小窓がひとつあるきりで薄暗い。その暗がりに、時折かつての住人たちが姿を見せる。最初に髷の男がふわりと湧いたときには悲鳴をあげたが、住んで五年も経つとすっかり慣れた。「この蔵で彰義隊の残党も匿ったぜ」と嘯くこの男は、

「わっちゃ古酒で漬けたよ。そのほうがうめぇのに」

と、必ず難癖をつける。試しに男が作った「慶応二年」と札にある甕を覗くと飴様のドロドロだったから、ふんと鼻であしらった。

もんぺ姿の婆さんも口うるさい。ヘタのとり方が雑だ、砂糖が多すぎる、とまくし立てる。

「偉そうに言うが、婆さんが住んだ間の四年ばかし甕がないぜ。漬けるのをサボったろう」

腹立ち紛れに言ってやると、

「焼酎も砂糖も闇市でだって手に入らないんだ。仕方ないだろっ」

えらい剣幕でやり返された。

海老茶の袴に束髪の娘も現れる。十八で軍人のもとに嫁すまで、ここに住んだ。夫が露西亜で戦死してからは苦労の連続で、幸せだった娘時分が忘れがたいのだ、と。穏やかに話せるのはこの娘だけだったが、今年に限って平素は口さがない連中まで妙に優しく接してくる。

「わっちの頃にゃ、コロリと麻疹が流行って難儀だったよ」

髷の男は眉を八の字にした。

「食糧があるだけ幸せだよ。うちの息子は南方に片足置いてきちまったけど、飢えよりはいいって言ってたもの」

婆さんまで、撫でるような声を出す。

「なんだよ、薄気味悪ぃ」

粋がってはみるが、心許ない。

蔵に日参して二週間。暦を見ると六月十六日だ。あとは寝かせときゃいい、と瓶に「令和二年」と貼り付けたとき、娘が現れた。

「今年もいい梅酒に育ちそうですね」

娘は、他の住人のような慰めは口にしない。

「まぁな」

答えて立ち上がる。蔵戸を潜りしな、

「なぁ、娘」

背を向けたまま言った。

「俺は来年も梅酒を作れるかな」

しばし沈黙が漂った。

「梅の木はまた来年も実をつけてくれますもの。それに人の営みは、そう容易く潰えません」

強い声だった。振り向くとそこにはもう、娘の姿はなかった。

表に出て空を仰ぐ。

「今年はやけに澄んでやがんな」

ひとりごちて、大きく伸びをする。

木内　昇（きうち・のぼり）

１９６７年東京都生まれ。『茗荷谷の猫』で話題になり早稲田大学坪内逍遙大賞奨励賞を受賞。２０１１年に『漂砂のうたう』で直木賞を受賞。２０１３年に刊行した『櫛挽道守』は中央公論文芸賞、柴田錬三郎賞、親鸞賞を受賞した。著書には『占』『火影に咲く』『光炎の人』などがある。

6/17

ステイ・フレンズ

五十嵐律人

——暇を持て余して悶え死ぬ。

そんな死因が思い浮かんだところで、玄関のチャイムが鳴った。おんぼろアパートなのでモニターは付いていないし、錆び付いたドアチェーンも動かない。

ドアスコープを覗くと、風呂敷を抱えた田中《たなか》緋奈《ひな》が立っていた。

「どうしたの？」扉を開いて尋ねる。

「プレゼント」そう言って緋奈は、風呂敷を差し出してきた。

ずしりと重く、不思議な触り心地だった。雨の音が聞こえて視線を上げると、緋奈の姿はなかった。緊急事態宣言が解除されても、僕たちが通う大学ではオンライン講義が続いているので、半強制的にステイホームな日々を送っている。

リビングに戻って、深緑色の風呂敷を広げた。

入っていたのは、タブレットと大量のフィギュアだった。困惑しながらタブレットを起動すると、暗証番号の入力を求められた。

【ヒント　Ｓｔａｙ　Ｈｏｍｅ　Ｆｒｉｅｎｄ】

家に留まる友人？　僕のことだろうか。

机の上に並べたフィギュアは、二十体以上あった。親子のシロクマ（やけにリアル）、華奢で青髪ロングのアイドル（派手な衣装）、躍動感溢れる消防士（何故か二体）……。バラエティ豊かで、共通点は見出せない。

緋奈に電話をかけたら、「もう解けたの？」と言われた。

「まだ解き始めてもいない。僕、フィギュア集めの趣味はないんだけど」

「課題くらいしか、することないんでしょ」

「一人で人形遊びをしろって？」

「人形遊びじゃなくて、言葉遊び。私がネットで日向佳奈《ひなたかな》を名乗ってるのと一緒かな。今日中に解かないと天罰が下るから、気をつけてね」

終了した通話画面を見て、そういうことかと納得する。

田中緋奈が日向佳奈になるように、Ｓｔａｙ Ｈｏｍｅ Ｆｒｉｅｎｄも何かになるのだろう。

とはいえ――、である。全部で十四文字のアルファベット。何通りの組み合わせがあるかはわからないけれど、片っ端から試していく方法では今日中の突破は難しそうだ。

すっかり解く気になっている。思わず、苦笑した。

辞書と筆記用具を机の上に並べて、単語を抽出していった。Ｈｉｓｔｏｒｙ、Ｆａｍｅ、Ｄｅａｔｈ、Ｈａｎｄｓｏｍｅ、Ｍｏｎｅｙ……。それらしい単語は見つかっても、残った文字が意味をなさない。あっという間に、日が暮れた。

フィギュアを眺めていたら、二つの単語が思い浮かんだ。

そうか……。だから、二体いたのか。残った四文字も、ぴたりと嵌まった。

Ｄａｓｈ ｆｉｒｅｍｅｎ ｔｏｙ

消防士に刻印されていた製造番号を入力すると、画面が切り替わった。
『私たち、いつまで友達のままなの？』
ステイ・フレンズ。カレンダーを見てから、改めて緋奈に電話をかける。
無色透明だった六月十七日が、僅かに色づく気配を感じながら。

五十嵐律人（いがらし・りつと）
１９９０年岩手県生まれ。東北大学法学部卒業。司法試験合格。『法廷遊戯』で第62回メフィスト賞を受賞し、デビュー。最新作は『不可逆少年』。

6/18

私は融合する

井上夢人

68日だ。そう、68日目だ。

4年半勤めていた居酒屋を馘首《くび》になったのが4月11日。その翌日から数えて、4月の残りは19日。5月は31日あって、今日は6月18日だから、19＋31＋18＝68日ってことになる。計算する頭は、まだ残っている。

あの日、松浦《まつうら》のオヤジから「もう来なくていい」と言われた。「給料半分でいいです。働かせてくんないすか？」と言うと、オヤジは「わかってくれ」と顰《しか》めっ面《つら》を伏せた。これが精一杯だと渡された封筒には五千円札が1枚入っていた。

カップラーメンを買いアパートに帰ると、ドアに鍵を掛けた。それが最後だった。それから部屋を出ていない。鍵は靴脱ぎの上に置いたままだ。今日が68日目。

部屋ではずっとベッドの上にいた。ベッドの上で壁に凭《もた》れ、リモコンでテレビのザッピングをやる。何時間でもチャンネルをグルグル替え続ける。トイレに立つときはベッドから下りるが、用を済ませるとまたベッドに戻る。

ベッドから下りられなくなったのは3日目だった。腰が上がらなくなった。ずっと座っていたから腰が固まってしまったのだろうと、軽く考えた。しかしそのうちに、そうじゃないことに気がついた。

足がまるで動かなかった。見ると布団に足が潜り込んでいる。布団の中に突っ込んでるんじゃなくて、脹《ふく》ら脛《はぎ》から下が布団に吸収されているような感じなのだ。足だけじゃない。触って確かめると、尻もベッドの縁と布団に呑み込まれているようだし、背中は肩甲骨《けんこうこつ》の辺り全体が壁に埋まり込んでしまっている。

こいつは困ったことになったと思ったが、不思議と焦ってはいなかった。動けないから飯も食えない筈《はず》なのに、いつまで経っても腹は減らなかった。どうやら、同化したベッドや壁から、養分が送られてきているらしい。排泄も同様で、壁や床が引き受けてくれている。

植物みたいだと、ちょっと楽しくなった。私って、植物人間ってことじゃん。

さらに10日もすると、仲間の声が感じられるようになった。自分だけじゃなく、どうやらこのアパートは大勢の人たちの融合体だったらしい。彼らと会話が出来るわけじゃないが、意識は共有できる。

今日で68日目だ。もう身体のほとんどが部屋と融合してしまった。右手などはリモコンを持ったままベッドと同化している。

部屋の外で大家の声が聞こえる。

「ね？　テレビの音は聞こえてますでしょ。いるとは思うんですよ」

やがて鍵を開ける音がした。

井上夢人（いのうえ・ゆめひと）

１９５０年生まれ。１９８２年、徳山諄一との共作筆名・岡嶋二人として『焦茶色のパステル』で第28回江戸川乱歩賞を受賞。１９８６年、日本推理作家協会賞、１９８９年、吉川英治文学新人賞を受賞後、『クラインの壺』の刊行を最後にコンビを解消。１９９２年『ダレカガナカニイル…』でソロデビュー。以降、『メドゥサ、鏡をごらん』『オルファクトグラム』『ラバー・ソウル』などの意欲作を刊行。

6/19

オオゴマダラは1000ベルである

榎田ユウリ

緊急事態宣言が発令され、解除され、東京アラートが発動され、解除され、そんな春から初夏にかけて私は森にいた。

もとい、島である。無人島にいた。

魚を釣り、昆虫を捕らえ、小さな家を建て、土木工事も河川工事もテキスタイルデザインまでこなし、島を開発していたのだ。

そう、ゲームで。

ニュースでも取り上げられたので、ご存知の方も多いだろう、『あつまれ　どうぶつの森』である。前述の通り、自分で理想の島を作るのが目的だ。シリーズで発売されているが、私は本作が初プレイだった。擬人化された動物たちとほのぼの暮らすことを想像していたのに、家を買えばローンがのしかかり、カブを買ったらその価格変動に一喜一憂という（絵面はあくまで野菜のカブ）、なかなか気が抜けないゲームだった。

感染者数と死亡者数の告げられる日々の中、私は島で斧を振るっていた。医療関係者が過酷な現場で働いている間、何十匹ものオオゴマダラを捕まえていた。オオゴマダラはわりと大きくて捕まえやすく、千ベルで売却できる。見つけたら必ず網を振るうことにしていた。こう、シュビッ！　と素早く。

この時間でオンライン英会話を学んでいたら、かなり上達していたと思う。

ワークアウト動画を見て腹筋をしていたら、ビキビキに割れていたかもしれない。

でも私はゲームをしていた。ゲームをしながら「いったい自分はなにをしているんだろう」と時々考えた。後ろめたさを感じていたのかもしれない。顔なじみの宅配スタッフが「いや、もう、きっついです」と半笑いしてたのを思い出し、福祉施設での集団感染の報道を思い出し、でも私はやっぱりあつ森をしていた。あ、仕事もちょっとはしていた。

このゲーム、英語ではAnimal Crossing : New Horizonsという。

世界的なヒットとなり、発売から６週間で販売数は１３００万本を突破。外出自粛どころかロックダウンとなった都市では、うってつけのゲームだったのだ。それを現実逃避と冷笑するのは簡単だが、実際ホームにステイしていろと指示されているのだし、四六時中ＣＯＶＩＤ—19のことばかり考えているのもメンタルに悪い。

だから多くの人がゲームをしていた。私もしていた。

我が家はいまや二階建て３ＬＤＫ、檜風呂つきである。最近タヌキが「地下室を作らないか?」と営業をかけてくる。

ＢＢＣのニュースでは、外出制限で祖父の墓参りに行けない女性が、ゲームの中に祭壇を作り、お参りする様子が報じられていた。ＢＢＣの記者も取材に訪れ、ちょこまかと元気に走り回っていた。

もちろん、彼女の作った島の中で。

榎田ユウリ（えだ・ゆうり）

東京都生まれ。２０００年『夏の塩』でデビュー。「宮廷神官物語」シリーズ、「妖琦庵夜話」シリーズ、『この春、とうに死んでるあなたを探して』など著書多数。榎田尤利名義でＢＬ小説も多く発表している。

6/20

写実画の女

塩田武士

無人、静寂、疲労――あくびの条件は揃っていた。

先週末の引っ越しの後は、荷解きや警察署での免許の住所変更など、仕事以外のほとんどの時間が新生活のあれこれのために潰れている。

目尻に滲んだ涙を指先で拭った私は、入口の受付カウンターから展示会場を見回した。幻想画やイラストなど、主に額装された作品が四十点ほど。百貨店の美術画廊ではおなじみの、若手画家数人によるグループ展。今週水曜から始まったが、昨日までの三日間で売れた絵は一枚だけだ。

例のコロナによる全館休業から営業を再開して三週間余り。ようやく客足が戻ってきたものの、画廊は休業中と同様の静けさだった。

背の高い男が目の前を横切った。足音がなかったことから不意を衝かれ「いらっしゃいませ」と声掛けしたときには、男は既に奥へ向かって進んでいた。やがて会場の隅で足を止めた男は、一枚の絵を眺め始めた。

　鉛筆の写実画。テーブルの上で両腕を交差させた女性が、瞳をやや左に向け、凜とした表情で座っている。鼻も口も小づくりで、顎先も引き締まった端整な顔立ち。左目の半分を隠す長い前髪の艶や、ゆったりとした肩幅のシャツに入る皺など、かなり細密に描かれた作品だ。

　Ｂ４用紙より小さいＦ４サイズの絵なので、比較的求めやすい価格になっている。企画展が始まって初めての土曜を迎えることもあり、私は幸先の良さを感じた。

　ただ、話し掛けるタイミングが難しい。特に一つの絵を熱心に観ている来客には注意が必要だ。あの上背のある若い男は今、作品の世界観に入り込むため、目の前の絵から可能な限り情報を得ようと試みているはずだ。彼の中で最初の解釈が成り立つまで、カウンターからそれとなく観察する。

　少し変だと思ったのは、男が力んでいるように見えたからだ。半袖の黒いポロシャツから伸びる腕の先で拳が握られ、手の甲に鮮明な血管が浮いている。眉間に皺を寄せたまま絵と対峙し、よく見ると黒目が忙しなく動いていた。

男はジーパンの後ろポケットからスマホを取り出すと、何度か画面をタッチした後、通話を始めた。刹那の会話を終えてスマホを後ろポケットに戻すと、彼はまた額の向こう側を睨み始めた。

一体、何者なのか——。もはやあの写実画目当てでここに来たのは間違いないだろう。気配がして入口に目をやると、画廊に入ってきたショートカットの年輩の女が、私をチラリと見て頭を下げた。だが、声を掛ける間もなく、白いブラウスの背が遠ざかった。女は当然のように男に近づき、絵の前で横になって並んだ。

そうして二人で佇むと、親子ほど年が離れていることが分かる。女は何度も頷くと、小さなバッグからハンカチを取り出して目元に当てた。隣の男がその背中をさすったことで、彼女を支えていたものが折れたのか、きつく結んでいた口を開いて嗚咽を漏らした。

二人については何も知らない。もちろん、絵画との関係についても分からない。だが、私の勝手な想像力が、免許の住所変更のために訪れた警察署の光景を思い起こさせた。

手続きを待つ間、ベンチ横にあった掲示板の数々を見て回った。そのいずれにも貼られていたのが、行方不明者の写真が載ったポスター。或る女子高生は通っていた塾から帰宅せず、別の六十代の女性は旅先で突然いなくなった。平然と続いていく自らの暮らしからは考えられない影の地帯。掲示板の前で私は思い知った。

人は忽然と姿を消す。

しゃがみ込んだ女と膝を折って寄り添う男。あくびが出るような穏やかな朝のはずが、すぐ手が届く距離に日常の落とし穴が空いていた。

カウンターから美しい写実画の女を一瞥した私は、画家の連絡先を調べるため、引き出しの取っ手に指を掛けた。

塩田武士（しおた・たけし）

１９７９年兵庫県生まれ。関西学院大学卒業後、神戸新聞社に勤務。２０１０年『盤上のアルファ』で第５回小説現代長編新人賞を受賞しデビュー。同書は２０１９年、ＮＨＫでドラマ化された。２０１２年、神戸新聞社を退社。２０１６年『罪の声』で第７回山田風太郎賞を受賞、同書は「週刊文春ミステリーベスト10」第１位、第14回本屋大賞第３位にも選ばれ、昨秋、映画が公開された。２０１９年『歪んだ波紋』で第40回吉川英治文学新人賞を受賞。最新刊は『デルタの羊』。

6/21

夏至の庭で

朝井まかて

青々とした枝の下、彼女が笊を抱えて摘んでいる。

赤く透き通った実は、庭のゆすらうめだ。彼女はふと振り向いてマスクを顎の下にずらし、深紅の一粒を口の中に入れる。

「あなたも食べる？」

「要らない」と、僕は縁側で頭を振った。彼女は「そう」とマスクを顔に戻し、また樹下に屈んだ。せっせと摘んでは笊に入れてゆく。

「ゆすらうめの実って、さくらんぼに似てるんだな」

「桜の仲間だもの。花が梅花に似てるから、山桜桃梅と書くのよ」

「何でもよく知っている」と、僕は皮肉を籠めて笑った。

彼女は小説家だ。十数年前、突如として小説を書き始め、たいして売れてはいないが執筆の依頼は細々と続いているようだ。

やがて彼女の昼と夜は逆転し、僕との約束を忘れ、家事を点々と放擲した。会社から帰ってドアを透かせば、いつも何かを読んでいるか書いているか、あるいは机に突っ伏している。口論する機会さえないまま、ある日、彼女は「一人になりたい」と言った。「好きにしろ」と答えた。どのみち何の苦楽も共有せず、僕はすでに独りだったのだ。彼女はいつも、今、ここではない時空を彷徨い、僕の見知らぬ人々と対話していた。

「大収穫。あなた一人じゃ食べきれないでしょうから、甘煮にしておくわね」

目の周りがうっすらと赤い。また熱が出てきたのか、それとも陽射しが笊の中の深紅を照り返しているのか。

「そんなこといいから、横になれよ」

「こんなの、すぐよ。雑作ない」と庭下駄を脱ぎ、素足を縁側にのせる。ひとたび言い出したらきかない女なのだ。些細なことも、重大なことも。

彼女は手頃な家を探し、今日、山ほどの本をひきつれて出てゆく。

けれど三日前、熱を発した。報道されている症状もある。相談センターに電話してみれば、受診が必要だと言われたらしい。診察と検査の結果次第では、そのまま入院になる。

「明日、本当に一人で大丈夫なのか」と、僕はまた念を押した。

「当たり前じゃないの。でも、あなたにうつしちゃってる可能性もあるわね。だったら、ごめんなさいね」と、彼女も繰り返す。

「詫びたりするなよ。君らしくない」

だいたい、何で今日に限ってエプロンなんかつけているんだ。神妙なほど白い。

「陽性であったとしても、死ぬと決まったわけじゃない」声を励ましたけれど、彼女は笊を抱え直して肩をすくめた。

「生き残ったら、手紙を書くわ」

「ＬＩＮＥでいいよ」

「ううん、手紙にする。この季節はインクの匂いが立つのよ」

彼女は六月の空を振り仰ぎ、「そういえば、今日は夏至ね」と懐かしそうに目を細めた。

朝井まかて（あさい・まかて）

１９５９年大阪府生まれ。甲南女子大学文学部卒業。２００８年、小説現代長編新人賞奨励賞を『実さえ花さえ』で受賞してデビュー。２０１４年に『恋歌』で直木賞、『阿蘭陀西鶴』で織田作之助賞、２０１５年に『すかたん』で大阪ほんま本大賞、２０１６年に『眩《くらら》』で中山義秀文学賞、２０１７年に『福袋』で舟橋聖一文学賞、２０１８年に『雲上雲下』で中央公論文芸賞、『悪玉伝』で司馬遼太郎賞、２０２０年に『グッドバイ』で親鸞賞を受賞。近著に『落花狼藉』『輪舞曲《ロンド》』『類』などがある。

6/22 きぼうのうた

榎本憲男

シュージがリクを殴って、あいつが叩くのならもう俺は歌わない、とリクが言った。せめて最後にライブをやろうぜ、と俺はふたりを説得しにかかったが、こんどは世の中が妙なことになってしまった。なし崩し的に解散かなと思っていたら、不思議な仕事が舞い込んだ。

ドラムだと苦情が出かねないからさ、カホンとシンバルでやらせて欲しいんだ。シュージが電話してきた。いいよ、と俺は言った。似たようなことは、曲を書く前に、リクからも言われたよ。夜中に録音するから、シャウトしなきゃなんないような曲は書かないでくれって。シュージはふんと鼻を鳴らしただけだった。

次の朝起きたら、もうクラウドに上がっていた。夕方にはイトちゃんがベースのトラックをアップした。それを聴いた俺はテレキャスターに手を伸ばす。それから、ミックスしたオケをアップして、できてるぞ、とリクにＬＩＮＥ。明け方に電話が鳴った。あのさあ、この「明日はきっと」ってとこ、「明日はたぶん」のほうが歌いやすいんだけど。リクは言った。じゃあ、それでいいよ。とにかく希望を持てるようなものならなんでもいいんだそうだ。へえ、誰がそう言ったんだ？　誰だったかな、とにかくネットの会社の人だよ。

　昼頃に起きて、トーストを齧りながら、ＡＬＥＸＡでリクのボーカルを聴いた。コーヒーを淹れ、パソコンの前に移動して、歌とオケを合わせた。これをクラウドのフォルダーに放り込み、みんな三日以内に映像をくれよ、とＬＩＮＥのグループアカウントにメッセージを残した。

　やることがないからだろう、翌日には、オケに合わせて弾いたり、叩いたり、歌ったりしている映像ファイルがフォルダーに収まっていた。俺もこうしちゃいられないと、音に合わせて手を動かし、カメラに収まった。

　いつもビデオを作ってくれてる高橋さんが編集して、次の日には完パケがYouTubeに上がっていた。四分割された画面の中の俺たちは、それぞれの自宅で、ひとつの曲を奏でているように見え、バラバラの場所でもちゃんとつながれるぞ、なんて幻想をばらまいていた。一月後、ギャラはちゃんと振り込まれていたけれど、まだ解散ライブの目処は立ってない。

榎本憲男（えのもと・のりお）

１９５９年和歌山県生まれ。西武セゾングループの文化事業部、東京テアトルにて映画事業に携わる。２０１１年、映画監督デビュー作『見えないほどの遠くの空を』公開とともに、同作の小説を執筆。２０１６年『エアー２・０』が大藪春彦賞候補に。他の著書に『巡査長　真行寺弘道』、同シリーズ『ＤＡＳＰＡ　吉良大介』がある。

6/23

澤村伊智

家に籠《こ》もるようになっても生活に大きな変化はなかった。それまで事務所や近所のファミリーレストランで執筆していたのを、自宅に変えただけだ。

「この時期にホラーはちょっと……」「世相を鑑《かんが》みてまたご連絡しますね」などと、いかにもな理由で依頼を反故《ほご》にする出版社は、幸いなことに一社もなかった。

生活必需品はすべて通販で購入し、家族全員、外出を控えている。区の感染者は都内でも多い方に入り、決して油断はできない。

ただ、僕が住む団地では今のところ感染者ゼロだ。マンモス団地と呼んでもいいほど沢山《たくさん》の棟が建ち並び、大勢が住んでいるにも拘《かか》わらず。

これは幸運ではない。住民の高い衛生観念と、高い団結力の賜物《たまもの》だ。パパ友、ママ友、同じ階の住人、皆が一丸となってウイルスと戦い、打ち負かした結果だ。今までの頑張りを決して無駄にしてはいけない。

だから数週間前から食事の味や匂《にお》いを全く感じなくなったのは、妻の料理の腕が落ちたせいに決まっている。

喉《のど》が痛くなったのも慣れないリモート打ち合わせで、つい声を張りすぎたせいに決まっている。

熱が引かなくなったのも単なる風邪に決まっている。窒息《ちっそく》しそうなほど咳《せき》が出るのも、精神的な問題に決まっている。病は気からと言うではないか。

僕は感染していない。僕たち家族は感染していない。みんなと同じように。

妻は三日三晩咳をし続け、一週間前の夜ふと見たら冷たくなっていた。だからもう感染していない。

二歳の娘は熱で苦しいのか泣き止《や》まないので、今週頭に強くしつけたら動かなくなった。

だからもう感染していない。

小中高とクラス全員が皆勤だった。腹痛でもインフルエンザでも、みんな頑張って登校した。全校生徒の前で校長先生から表彰された時の、あの達成感。万雷《ばんらい》の拍手で祝福された時の、あの連帯感。足並みを乱しそうな同級生を、みんなでよってたかって応援する充実感。

自分が足並みを乱すことを想像したときの、耐え難いほどの不安、恐怖。

今回も同じだ。みんなで健康的な日常を送ろう。今日は六月二十三日、妻の誕生日だ。思い切って僕が手作りケーキに挑戦してみようか。

僕は朦朧《もうろう》としながらキーを叩き続けた。

※　※

「これ、小説ですか？」

編集者がスマホの向こうで訊ねた。

「もちろん」僕は答えた。「大作家先生なら昔話や飼い猫のエッセイで成立しますけど、僕みたいなポッと出は小説で勝負しなきゃダメじゃないですか」

「ははは、ですよねえ」

編集者は通話を切った。

僕は椅子《いす》にもたれ、咳が止まっているのを幸いに、たっぷりと酸素を吸い込んだ。

麻痺《まひ》したはずの鼻でも耐えられないほど、凄《すさ》まじい死臭が部屋に充満していた。

澤村伊智（さわむら・いち）
1979年大阪府生まれ。2015年『ぼぎわんが、来る』で第22回日本ホラー小説大賞大賞を受賞しデビュー。2019年「学校は死の匂い」で第72回日本推理作家協会賞短編部門を受賞。著書に『ひとんち　澤村伊智短編集』『予言の島』『ファミリーランド』『うるはしみにくし　あなたのともだち』『アウターQ　弱小Webマガジンの事件簿』などがある。

6/24

宮澤伊織

この文章はあなたに希望を抱いてもらうために書かれている。

少なくとも、そういう機能を期待されている。そもそもこのＤａｙ ｔｏ Ｄａｙという連載自体が、読者を少しでも勇気づけ、心を明るくしてもらうことを願って立てられた企画である。

もっとも効果的に人に希望を与えるのは金銭的な余裕だが、私のような小説家が提供できるのは、速やかにして充分な補償ではなく、ささやかな言葉だけだ。リアルな脅威と不安に苛まれているあなたに、小説家として何が言えるだろうか、何を言えばあなたに希望を与えられるのだろうかと、だいぶ考えた。

ネットでエゴサーチをしていると、ときどき読者が、私が書くシリーズものの続きが出るまで死ねないとか、新刊が生きる希望だとまで言ってくれていて、正直びびることがある。そういう感想は、自分の本以外に対してもしばしば見られる。「またライブに行く日まで死ねない」「舞台が再開するまで死ねない」「映画が公開されるまで死ねない」……たくさんの人が、いろいろな娯楽作品を、生きる理由として語っている。インターネットの言葉は基本的に大げさだから、それはただ「楽しみにしている」の誇張表現として受け止めるべきだとは思いつつも、そこに隠しきれない切実さを感じるのは私だけではないだろう。

非常時において、私たち娯楽産業従事者にできることはほとんどない。医療従事者やエッセンシャルワーカーに比べれば、私たちは圧倒的に「役に立たない」。しかし、私たちの作品が誰かの心を支える一助になっていることも、また事実だと感じている。朝目を覚ますのが嫌になるような出来事が続く日々を、多くの人がぎりぎりのラインで耐え忍んでいる。折れそうな心を、小説やマンガやアニメや映画やゲームや音楽や旅行や、その他諸々の娯楽への期待で、なんとかつなぎ止めている人が大勢いる。それらの期待一つ一つは、生きる理由としては小さいかもしれない。しかしその小さな理由をいくつもかき集めて、ようやく人は生きていけるのだと思う。

だから、娯楽産業従事者が非常時に可能な、唯一にして最大の貢献は、「持ち場を守る」ことだろう。暗闇の中に小さな火を灯し続け、今までもこれからもここにいるぞと示し続けることが、あなたに対して私ができるただ一つのことだ。私だけではない。あなたが振り返って、Ｄａｙ ｔｏ Ｄａｙの目次を見直せば、そこに並んでいるのがそうして掲げられた灯火の列であることに気付くだろう。顔を上げれば、無数の小さな火が星空のように広がっている様子が目に浮かぶだろう。誰かに希望を抱いてもらうのは簡単なことではないが、誰かの道行きをわずかなりとも照らすことを祈って、篝火に薪をくべ続ける者たちが数多くいる。あなたの暗闇を、この火が少しでも明るくすることを願う。

宮澤伊織（みやざわ・いおり）

秋田県生まれ。２０１１年『僕の魔剣が、うるさい件について』でデビュー。２０１５年「神々の歩法」で第６回創元ＳＦ短編賞を受賞。冒険企画局に所属し、「魚蹴《うおけり》」名義で『インセイン』などＴＲＰＧのリプレイや世界設定も手がける。他代表作に「裏世界ピクニック」シリーズなど。

6/25

奇跡の秘密

内館牧子

うちのお祖父《じい》ちゃんは、今日六月二十五日で七十六歳になった。認知症というほどではないが、話の内容がごっちゃになることがある。それは中学三年の私でも気づく。

お祖父ちゃんはママの父親で、岩手県盛岡《もりおか》市で生まれ育ち、ずっと県立高校で国語の先生をしていた。お祖母《ばあ》ちゃんが病気で亡くなってからも、庭に花を植えたり、趣味の文学講座などに通い、盛岡で一人暮らしをしていた。

だが、去年あたりから「ごっちゃ」と「もの忘れ」がひどくなり、パパの勧めもあって東京で私たちと一緒に暮らしている。

今、お祖父ちゃんの一番の自慢は、新型コロナウイルスの感染者数が、全国で岩手県だけゼロだということだ。

夕方、テレビのニュース番組が始まると、私はドキドキする。今日もゼロだろうか。お祖父ちゃんは必ず聞くからだ。

「今日はなんただったべか、盛岡」

私は毎日、ホッとして答える。

「今日もゼロだよ！　でもお祖父ちゃん、盛岡だけじゃなくて岩手県全部でゼロなんだよ。宮古《みやこ》も花巻《はなまき》も水沢《みずさわ》も岩手県ぜーんぶ」

「たいしたもんだおな、盛岡」

何度教えても「盛岡」だ。

岩手県だけがゼロで、新聞やテレビが「奇跡だ」と伝えることが、お祖父ちゃんの生きる力になっている。パパもママもそう言っていた。

だから、私達は恐れている。今日は感染者が出たのではないか、今日は、今日はと心配する。一人でも出たら、お祖父ちゃんは「そが、だべな……」と、うなずくだろう。そんな姿は見たくない。まして今日は誕生日だ。何とか奇跡が続いてほしい。テレビをつけるのが恐かった。

ゼロだった！　お誕生日おめでとう！

私は大喜びでお祖父ちゃんに聞いた。

「すごいよ、岩手！　どうしてだ？」

すると、いつになくキッパリと言った。

「花巻出身の宮澤賢治が書いでるべ。『注文の多い料理店』の序文さな。俺はよ、こいづは岩手県人のごどだと思うっともな」

お祖父ちゃんは嬉しそうに暗誦した。

「きれいにすきとおった風をたべ、桃いろのうつくしい朝の日光をのむことができます」

お祖父ちゃんが岩手山の見える教室で賢治を教えていた時も、すきとおった風と桃色の日光を体に入れていたのだと思う。

もしもゼロが途絶えた日には、

「もうコロナはいいよ。バラエティ見よッ」

と、そっちにチャンネルを合わせるつもりだ。

内館牧子（うちだて・まきこ）

１９４８年秋田市生まれの東京育ち。武蔵野美術大学卒業。１９８８年脚本家としてデビュー。テレビドラマの脚本に「ひらり」（１９９３年第１回橋田壽賀子賞）、「毛利元就」（１９９７年ＮＨＫ大河ドラマ）、「私の青空」（２０００年放送文化基金賞）など多数。元横綱審議委員。２００３年、大相撲研究のため東北大学大学院入学、２００６年修了。著書に『終わった人』『すぐ死ぬんだから』などがある。

6/26

囲いを越えろ

宮内悠介

スターターピストルが鳴った。

ジョンは地面を蹴り、最初のハードルに向けて加速をはじめた。よし、と心中でつぶやく。感触はいい。気持ちは凪《な》いでいるし、競技に集中できている。まず最初の一台、ついで二台目のハードルを飛び越えた。

二ヵ月後のオリンピックに向けた、四〇〇メートルハードルの代表選考レースだ。オリンピックへの出場を望むなら、今日、いまここで結果を出さなければならない。

この日のレースに至るまでには、さまざまなことがあった。

まず何よりも、世界を覆い尽くしたあの疫病だ。悪夢のような第三波がやってきたのが、去年の秋のこと。病はいまだ世界各地でくすぶり、収束したとは誰にも言えない。

そして、前回のオリンピックは中止。

今年、ジョンは二十七歳を迎えた。年齢から考えると、これが大舞台に臨む最後のチャンスかもしれない。一人のアスリートとして、世界になんらかの爪跡を残せるかもしれない、その最後の機会。

五台目、六台目とハードルを越える。

すでに心臓は潰れそうだ。

四〇〇メートルは、人間が全力疾走できるかできないかの、ぎりぎりの長さになる。いわば、究極の無酸素運動。最高に苦しく——それでいて、最高に気持ちのいい競技だ。

スピードが落ちてくるのが自分でもわかる。

だんだんと、ハードルが高く見えてくる。が、このときだ。ジョンの身体の、なんらかのスイッチが入った。苦痛が、快楽へと反転する。静かだ。あたかも、自分一人しか走っていないかのような。

七台目。そして、八台目。

ハードルとは塀や柵を意味する。最初は、羊のための囲いが競技に用いられたそうだ。越えろ、と念じた。そうだ、越えろ。いま、自分たちを取り巻くあらゆる囲いを。

九台目を越え、最後の十台目のハードルを越える。

ゴールはもう目の前だ。もう、ジョンにはわかっていた。いまのところ、ミスらしいミスはない。あとは、ゴールへ走りこむだけ。自分は、世界最速の男になったのだ。

――ジョン・ケリー・ノートン。

一八九三年生、のちのコロンビア大教授。スペイン風邪が世界的に流行するさなかの一九二〇年六月二十六日、アントワープオリンピックの代表選考レースにて、四〇〇メートルハードルで五四・二秒の世界記録を樹立した。

宮内悠介（みやうち・ゆうすけ）

１９７９年東京都生まれ。早稲田大学第一文学部卒。２０１０年「盤上の夜」で第1回創元ＳＦ短編賞選考委員特別賞（山田正紀賞）を受賞しデビュー。『盤上の夜』で第33回日本ＳＦ大賞、『ヨハネスブルグの天使たち』で第34回日本ＳＦ大賞特別賞、『彼女がエスパーだったころ』で第38回吉川英治文学新人賞、『カブールの園』で第30回三島由紀夫賞、『あとは野となれ大和撫子』で第49回星雲賞、『遠い他国でひょんと死ぬるや』で芸術選奨文部科学大臣新人賞を受賞。他著に『偶然の聖地』『黄色い夜』など多数。

6/27

悪魔の報酬

木内一裕

時計の針が午前零時を指して、日付が6月27日に変わったころ悪魔の声がした。

「私を呼んだのはキミかな？」

十数年前の死去からずっと手つかずだった祖父の書斎で見つけた古い本の通りに、悪魔の召喚方法とやらを試してはみたものの、まさか本当に現れるとは思ってもみなかった。

「俺のライバルの、山田二郎《やまだじろう》を殺してほしい」

俺は迷いもなくそう言った。俺にとって、おそらく最後のチャンスだったオリンピックの代表になるためには、すでに代表に決まったその男を排除する以外に方法はなかった。

怪我をさせるだけでも目的を果たせはするのだが、代表確実だと言われていた俺を土壇場《どたんば》になって絶望の淵に蹴り落とした山田に、いつしか俺は殺意すら抱くようになっていた。

「他人の人生を縮めるからには、その代償はキミの人生で支払ってもらうことになる」

テーブルの上の、身長十五センチの葬儀屋のような悪魔が言った。

「どのくらい？」

俺の問いに、悪魔は左の掌《てのひら》を見て電卓を叩くような仕草をした。

「三十二年と少し。……まぁ端数はまけておくよ」

「それだと、俺は何歳《いくつ》で死ぬことになるんだ？」

また悪魔が電卓を叩くような仕草をした。

「八十八」

「え？」

なんだ、俺は本来百二十まで生きる運命だったのか。三十二年減らされても、八十八まで生きられるんなら構いやしない。

「じゃあ契約成立だ」

俺がそう言うと、悪魔はフッと姿を消した。途端にデスクの電話が鳴った。

受話器を取ると女の声がした。

「山田二郎さんが亡くなりました」

ほう、悪魔は仕事が早いな。だがこの女は誰なんだ？

「新型コロナの肺炎です。もともと肺に疾患をお持ちだったらしくて……」

新型コロナってなんだ？　肺に疾患を抱えていた？　そんな奴がマラソンの代表になれるわけがない。

「このご時世ですから葬儀は近親者のみで行うそうです。お花を手配いたしますか？」

そのとき、目に入った自分の指が、やけに皺っぽいのに気がついた。

「あの、……山田は何歳《いくつ》で死んだのかな？」

「え？　たしか会長と同い年のはずですから、五十八じゃないですか？」

二十六から五十八までの三十二年を奪われた俺は、ただため息をつくしかなかった。

木内一裕（きうち・かずひろ）

１９６０年福岡県生まれ。２００４年『藁の楯』（２０１３年映画化）でデビュー。同書はハリウッドでのリメイクも発表されている。他著に『水の中の犬』『アウト&アウト』『キッド』『デッドボール』『神様の贈り物』『喧嘩猿』『バードドッグ』『不愉快犯』『嘘ですけど、なにか？』『ドッグレース』『飛べないカラス』『小麦の法廷』がある。

6/28

幻《げん》句《く》寥《りょう》寥《りょう》

夢枕獏

夜桜も化けて来たれや京の宿

五億年待てとは仏の嘘ぞ花吹雪

青き鱗のどこまでが哀しみぞ蛇眠る

月を食《は》む蝮《まむし》真白《ましろ》き女《め》となりぬ

万緑の底に哭きいさちる神あり青嵐

蝮《まむし》の女《め》卵胎生《らんたいせい》の子を生めり

狼がくわえている夏の月

蛍火の口より出でよ女《め》の骸《むくろ》

秋の指青き乳房《ちぶさ》の贄《にえ》となる

酒尽きて月と寝ている李白かな

松の月爺婆《じじばば》笑うてぶらさがり

月を食《は》む豹《ひょう》の顎《あぎと》や影赤し

人ことごとく滅びて赤し曼殊沙華

湯豆腐を虚数のような顔で食う

寒月を睨んでおりぬ土佐衛門

青き嘘つきたる唇の真紅

いちめんのなのはな虚数の際《きわ》の海光る

ゴジラも踏みどころなくて花の山

盲獣《もうじゅう》となりし母なり赤き月

花揺るる那由他《なゆた》不可思議《ふかしぎ》無量大数《むりょうたいすう》

夢枕　獏（ゆめまくら・ばく）

１９５１年１月１日、神奈川県小田原市生まれ。１９７７年作家デビュー。『キマイラ』『サイコダイバー』『闇狩り師』『餓狼伝』『陰陽師』などの人気シリーズ作品を次々と発表。１９８９年『上弦の月を喰べる獅子』で日本ＳＦ大賞、１９９８年『神々の山嶺』で柴田錬三郎賞受賞、２０１１年刊の『大江戸釣客伝』で泉鏡花文学賞、舟橋聖一文学賞、吉川英治文学賞をトリプル受賞。他の著書に『大江戸恐龍伝』（全６巻）、『ヤマンタカ　大菩薩峠血風録』など。多数の連載を抱えながら、釣り、観劇、作陶など多彩な趣味を持つ。

6/29

小沼丹先生とセーヌ河畔の謎

宮城谷昌光

コロナ禍《か》に遭わないために、家にいなさい、という声があちこちからきこえると、ふだん意識しないことを意識するものである。めずらしいことに、家のなかをじっくり視るようになった。文庫本がならぶ書棚に、講談社文芸文庫がならんでいて、そのなかの数冊がすべて小沼丹先生の作品であることにおどろいた。恩師の作品である。私は嬉しくなった。初期の『村のエトランジェ』から後期の『珈琲挽き』までである。それらを買ってきたことを忘れていた。

私は大学を卒業して雑誌社に勤めるようになってからも、二、三か月にいちど、三鷹《みたか》の小沼先生を訪ねては、話をうかがった。先生は小説家志望の青二才の相手をよくしてくれたものだ、といまさらながら頭がさがる。

先生は英文科教授という肩書きのまま、ロンドンに留学なさった。そのロンドン滞在の成果は『椋鳥日記』にこめられている。私は帰国後の先生から土産話をきくことができた。その話のひとつに、こういうものがあった。

「吉岡がヨーロッパ旅行の途中で、フランスにくるというので、パリで会ったんだ。セーヌの河畔で赤ワインを飲もうということになり、注文したところ、ボーイがパンとミルクをもってきた。どうしてだろうかね」

話のなかの吉岡というのは、吉岡達夫さんのことで、私のもとの上司であり、小説家でもある。先生はその話を微笑をまじえておっしゃったが、私は笑わなかった。笑えなかった、といったほうがよい。

——とんまなボーイだ。

と、笑い飛ばしてしまえば、その話も記憶の外に飛び去ってしまったであろう。その後、小沼先生が亡くなられたあとも、憶いだしては、なぜ赤ワインがパンとミルクになったのだろう、と考えた。そんな謎が十年以上も解けなかったのだから、私こそとんまであるというしかない。

あるとき、こういうことではなかったか、と思いあたった。先生は赤ワインの赤を、フランス語のルージュではなく英語のレッドと発音したのではあるまいか。それをボーイはフランス語のレつまりミルクと理解した。つぎにワインは英語でワインそのままだが、フランス語ではヴァンである。先生はレッド・ワインと発音したか、もしかしたらレッド・ヴァンといったかもしれない。そうなると、レ・エ・パンつまりフランス語でミルクとパンになる。謎解きのあまりの遅さに、天上の先生は苦笑なさったであろう。

宮城谷昌光（みやぎたに・まさみつ）

１９４５年愛知県蒲郡市生まれ。『天空の舟』で新田次郎文学賞を、『夏姫春秋』で直木賞を、『重耳』で芸術選奨・文部大臣賞を、『子産』で吉川英治文学賞を受賞。中国古代に材をとった歴史ロマンの第一人者。『孟嘗君』『管仲』『楽毅』『晏子』『王家の風日』『奇貨居くべし』『太公望』などの小説、エッセイの『クラシック　私だけの名曲１００１曲』ほか著書多数。近著に『呉漢』『三国志』『呉越春秋　湖底の城』『劉邦』『窓辺の風　宮城谷昌光　文学と半生』『孔丘』などがある。２００６年に紫綬褒章、２０１６年に旭日小綬章を受章した。

6/30

ポコ

森 絵都

飼い犬のポコが死んだ。

だからもう、世界がどうなったってかまわない。

その朝も、朔《さく》の心は静まり返っていた。小四の彼はまだ「諦念」の一語を学んでいなかったが、言葉よりも先にその実感と出会うこともある。別になくてもいいんだと休校中に気づいた学校も、あるならあるで粛々と通う。「粛々」の一語も知らないながらも、そういう心持ちだった。

「ついに死者が五十万を超えたか」

食卓で黙然とトーストを囓る朔の向かいでは、両親が憂い顔をテレビへ傾けていた。

「とくにアメリカがひどいな」

「だから、早いとこアベノマスクを送ってあげればよかったのよ、トランプ大統領に」

「かもなー」

気の抜けた会話を聞き流しながら、朔が考えていたのはポコのことだ。

ポコが死んだ四日前からずっと考え続けている。


ポコは雑種の中型犬だった。齢は十八。人間ならば百を過ぎるまで病気のひとつもしたことがなかったのに、六月の頭から急に食欲を失い、荒い呼吸をするようになった。「肺に腫瘍が広がっている可能性が高い」。そう獣医から告げられた両親は、ポコの年齢を考え、入院させずに家で看取ることにした。

　それから三週間、ポコは何も食べずに水だけで生きた。日に日に痩せ衰えながらも立って、歩いて、家族にしっぽを振り続けた。元の飼い主に捨てられてもへこたれなかっただけあって、ポコは強い犬だった。

が、最後の三日間は壮絶だった。急に苦しみだしたポコは幾度となく吐き、黒い便をし、遠吠えみたいな大声をはりあげた。「がんばれ、がんばれ」と呼びかけていた父の声は、やがて「十分がんばったよ」に変わった。母の目からも涙が消えた。「悲しみの向こう側へ抜けた」らしかった。

そんな人間の感情とは無関係に、ポコは七転八倒しながらも最後の最後まで生きようとし続けた。感動的なほどの粘り強さでこの世にしがみついた。まだここにいたい。まだ。まだ。まだ。そう叫んでいた目を朔は決して忘れない。

「行ってらっしゃい。気をつけてね。寄り道しないで帰っておいで。本当に気をつけて」

支度を終えた朔を、今朝も母は鬼ヶ島にでも息子を送りだすような風情で玄関まで追ってきた。コロナそのものよりも、コロナでぎすぎすした人間社会への不安があるようだ。

けれど朔は恐れていなかった。ポコをあれほどしがみつかせた何かが、きっと、この世界にはあるはずだ。あのふんばりに値する何か。生きる真価のようなもの。

「真価」の意味もおぼろげながら、朔はそれを探す気だった。探して、きっと捕まえる。ポコみたいに強く。たとえ世界がどんなふうに変わっていこうとも。

「行ってきます」

勢いよく飛びだした少年の頭上には、厚い雲が延びる薄墨色の空が広がっていた。

森 絵都（もり・えと）
１９６８年生まれ。早稲田大学卒業。１９９０年『リズム』で第31回講談社児童文学新人賞を受賞しデビュー。１９９５年『宇宙のみなしご』で第33回野間児童文芸新人賞と第42回産経児童出版文化賞ニッポン放送賞、１９９８年『つきのふね』で第36回野間児童文芸賞、１９９９年『カラフル』で第46回産経児童出版文化賞、２００３年『ＤＩＶＥ!!』で第52回小学館児童出版文化賞を受賞。２００６年『風に舞いあがるビニールシート』で第１３５回直木賞を受賞。他の作品に『永遠の出口』『ラン』『みかづき』『出会いなおし』『カザアナ』『できない相談』『あしたのことば』など。

7/1

お守りがわり

朝井リョウ

「えー、あー……大丈夫です」

その後ろ姿から、何かを迷うような声が聞こえてくる。会計を終えたらしい女性は、「レシートはください」と付け加えると、眉を下げた横顔でコンビニの出口へと歩き出した。細い腕の上に商品を積み重ねて進む彼女の姿は、その危うさによって、私のみならず店員の視線をも引き寄せている。

「次の方、どうぞ」

私は前進し、妥協して選んだ品々を差し出す。本当は豚しゃぶサラダとチーズ二倍のブリトーを狙っていたけれど、見事にその二つだけ売り切れだったのだ。昨日は家にいる時間が増えた恋人と喧嘩をしたばかりだし、最近何だかついてない。今朝のニュース番組での占いも、散々な結果だった。

感染者の再増加、迫る都知事選、曇天が続く天気予報——そんな情報を締めくくるように提示された、かに座の最下位。喧嘩の翌日、久しぶりの出勤日、せめてこの占いくらいはとすがるような気分だった私は、小さな抵抗としてラッキーナンバーを記憶しながら家を出た。6。6ね。

グラタンを温めるかという店員からの申し出を断りながら、午後に向けて気を引き締める。今日から四半期決算の作業が始まるのだ。年に何度かある、経理部としての繁忙期。ってつまり、月でさえ、ラッキーナンバーから変わってしまったということか。私はため息を吐く。

それにしても、あのニュース番組の占い、かに座はいつも下位な気がする。自分の星座だからそう感じるだけだろうか。いや、それにしても——

「お客様」

店員の声に、我に返る。

「レジ袋、おつけいたしますか?」

そうだった。私は両手を見下ろす。レジ袋有料化、今日からだった。コロナ禍でエコバッグの使用を控える国も多い中決行、という論調のネットニュースが頭を過る。

変わる日常。いちいち納得いかない国の動きにはうんざりだし、人間関係に歪みはできるし決算の数字を見るのも怖い。当たらないとわかっていても、占いコーナーの結果に頼りたくなる日は、ある。

「お願いします」

三円で手に入れた袋を提げコンビニを出ると、少し先に、ゆっくりと歩く女性の姿があった。さっき、自分の前に会計をしていた人だ。その足取りはやはり危なっかしい。

と、そのとき。「あっ」という声と共に、女性の陰から何かが落ちた。私は咄嗟に、それを拾いに行く。

「すみません」

頭上から聞こえる声に「いいえー」と応えながら、私は拾得物を確認する。

それは、レシートだった。

合計の欄には、６６６円の文字。

「ありがとうございます」

私は立ち上がる。細い腕に幾つかの商品を抱えた女性が、申し訳なさそうに眉を下げている。

そうか。私は彼女を見つめる。

レジでわざわざ付け加えていた、「レシートはください」という言葉。その直前、迷いながらも、何かを断っていた様子。三円のレジ袋が追加されたら、壊れてしまうラッキーナンバーのゾロ目。

当たらないとわかっていても、占いコーナーの結果に頼りたくなる日はある。レジ袋に入れたほうが持ち帰りやすい商品たちで両手が塞がっていたって、お守りがわりになりそうなものを摑みたくなる日。

「午後も、がんばりましょうね」

あなたもそんな日だったんだね。続く言葉を呑み込んだとき、女性の眉がぱっと美しい山なりを描いた。

朝井リョウ（あさい・りょう）

１９８９年５月生まれ、岐阜県出身。２００９年『桐島、部活やめるってよ』で第22回小説すばる新人賞を受賞し、デビュー。２０１３年『何者』で第１４８回直木賞を受賞。『世界地図の下書き』で第29回坪田譲治文学賞を受賞。他の著書に『世界にも奇妙な君物語』『死にがいを求めて生きているの』『どうしても生きてる』『スター』『正欲』など。

7/2

夢洲万博二〇二〇

島田荘司

夫に症状はないのにコロナ陽性の結果が出て、私は夫とソーシャル・ディスタンス生活になった。一級建築士の夫は、大阪の仕事場にこもってしまって寝たり起きたり、テレワーク三昧の毎日らしい。

「体調はどう？」豊洲のタワマン五十六階から私は訊く。

「世界は平和。何ごともない」彼はいつもそう言う。

「日本の未来は明るい。科学競争力は上がり、ＧＤＰはまた伸びるよ。万博プロムナードの大理石、鏡のようにぴかぴか」

「あらそう。もうそんなにできているの」

アフター・コロナで、会場の設計が大きく変わったのは知っている。

「私たちの夫婦生活も、コロナで変わったわね」私は言った。

「通勤がなくなった会社みたい。前々から部屋で一緒にすごすことはなかったけど、今は食事も睡眠もお茶もお仕事も、完全に別々。顔を見るのはスカイプだけ。ヴァーチャル結婚ね」

邪悪なウイルスが、哺乳生物の身体接触を消滅させた。

「これからの夫婦、みんなこんなになっていくのかな……」

妊娠だって、精子を宅配便で送るのだろうか。こんな二十一世紀は、まったく予想しなかった。

回線の不具合が起こったか、夫が以降同じ台詞を繰り返すようになったので、オフライン会見をすべく私は大阪に向かった。

此花《このはな》区《く》夢洲《ゆめしま》中一丁目の夫の仕事場に行ってみたら、そこにはまだ何もなく、古タイヤが積まれた汚い空き地だった。鏡のような敷石のプロムナードも、未来ビルもない。雑草もまばらな、土むき出しの埋め立て地。

海べりに行ってみたら、細い堤防で囲まれた湿地帯があって、古い電化製品が大量に捨てられていた。その中に、見覚えのある夫のブルゾンの袖が見えたので、苦労して寄っていってガラクタをよけてみたら、夫らしい白骨死体があった。骨になった右手で、スマホをしっかりと握っていた。

ああやっぱり死んでたんだ、私は思った。まあこんな夫婦生活なら、別段生きていても死んでいても同じだけれどね。

島田荘司（しまだ・そうじ）

１９４８年広島県福山市生まれ。武蔵野美術大学卒。１９８１年『占星術殺人事件』で衝撃のデビューを果たして以来、50作以上に登場する探偵・御手洗潔シリーズや、『光る鶴』などの吉敷竹史刑事シリーズで人気を博す。２００９年、日本ミステリー文学大賞を受賞。また、「島田荘司選 ばらのまち福山ミステリー文学新人賞」や「講談社『ベテラン新人』発掘プロジェクト」の選考委員を務めるなど、新しい才能の発掘と育成にも尽力。日本の本格ミステリーの海外への翻訳、紹介にも積極的に取り組んでいる。

7/3

林 真理子

何ヵ月ぶりかの銀座である。いや、一度か二度、タクシーでさっと目的地まで行ったことはあるのだが、地下鉄を使い、四丁目をゆっくりと歩いたのは、本当に久しぶりだ。目的のビルがわからず、四丁目の交番でおまわりさんに聞いた。前は地図を見て探しあてるのが大好きだったのであるが、最近はカンが鈍ってしまった。

そして私はどこへ行ったのか。

七月三日というのが、私に与えられた日である。嘘をつこうと思えばつけないこともない。カッコいいことを書こうと思えば、いくらでも出来る。が、真実をありのままに書くというのが、この企画の意図に違いない……。

長々と書いたが、実は友人から紹介された肥満専門のクリニックを訪れたのである。

昔から私は太り気味であったが、当時の写真を見ればどうということもない。ぽっちゃり程度である。それが六十をいくらか過ぎた頃から正真正銘のデブになり、何をやっても痩せなくなってしまった。しかも毎晩会食続き。坂をころげ落ちるように、体重を増やしていったのであるが、とどめをさしたのがこのコロナ自粛である。

週に二回ほど行き、パーソナルトレーナーについていたジムも閉鎖になってしまった。お手伝いさんも時短になり、二時に帰る。私は毎日スーパーに行き、夕飯をつくった。野菜の多いメニューにし、ぬか床もつくる。それならば痩せそうなものであるが、夜は夫とワインを飲む。故郷のワイナリーを助けるために、甲州種のワインを何ケースも買ってあるのだ。ぐびぐび飲みながら、新しく加入したＮＥＴＦＬＩＸの「愛の不時着」を見たりする。至福のとき。

書く仕事は山のようにあり、昼間はずっとうちにいて座りっぱなし、出るのはスーパーに行く時だけ。こうしている間に、体重はもう危険水域に達してしまったのである。

しかも今年の人間ドックは「コロナが怖い」という理由でスルーしてしまった。

　あらためてそのクリニックで体重を測る。なんとコロナ前より四キロ増加！　血液も糖こそ高くないものの、コレステロールを指摘された。しばらく通うことになる。

　さまざまな数値にうちひしがれた私は、帰りに鳩居堂に寄り、美しい季節のハガキを二十枚購入。これでお中元のお礼を書こう。

林　真理子（はやし・まりこ）

１９５４年山梨県生まれ。日本大学芸術学部卒業。１９８２年エッセイ集『ルンルンを買っておうちに帰ろう』が大ベストセラーに。１９８６年『最終便に間に合えば／京都まで』で第94回直木賞を受賞。１９９５年『白蓮れんれん』で第８回柴田錬三郎賞、１９９８年『みんなの秘密』で第32回吉川英治文学賞、『アスクレピオスの愛人』で第20回島清恋愛文学賞を受賞。２０１８年に紫綬褒章を受章。２０２０年に第68回菊池寛賞を受賞。

7/4 名無しホテル

北方謙三

外観は、小さなホテルのように見える。海べりの、古いペンションだった。

人生の最後の時間を、ここでホテル経営をして過ごす、と友人は言った。大きな買物だとしても、友人の経済力からしたら、それほど難しいことではなかっただろう。

妻と、息子をひとり連れて出戻ってきた娘の、三人がホテルスタッフというわけだった。娘は、調理師免許を持っているという。

これから振舞われるのが、その娘の料理だった。二階に四室あり、一階はダイニングと居住区で、私は二階の端の部屋に泊ることになっている。

ホテルには、まだ名がなかった。

私と友人の会話は、ほとんどそれについてだった。洒落た名をつけたがっていたが、なにが洒落ているのかから、考えなければならないのだった。

「二月二日、というホテルがアフリカのある国にあった。フランス語だが」

「一風かわっているね。二月二日とは？」

「その国の、独立だか革命だかの、記念日だったよ。いや、建国かな」

「今日は、七月四日か。独立にも革命にも、関係はないな」

海にむかったテラスに、食事が出てきた。これを、売り物にするつもりらしい。

私は、料理を食い、酒を飲んだ。料理の味は、可もなく不可もないというものだった。

私はここへ、何度か来て泊るだろう。それが間遠になり、やがて忘れて、年賀状を交換するぐらいの仲になる。齢を重ねるというのは、そういうことだった。自分以外のことは、どうでもよくなる。

暗い海を眺めながら、友人と食後酒を飲んだ。食後酒の種類が、友人がこの仕事にかける意気込みを表わしていた。あとは、古い建物に手を入れただけだ。

「ホテル・バイ・ザ・シー。駄目か。ホテル夕凪。ありふれているな」

友人は、若いころと較べると、すっかり酒が弱くなった。何度も欠伸をした友人が、おやすみを言って建物の中に戻った。

残されたグラッパの瓶から、私はグラスになみなみと注いだ。半分ほど飲み、グラスを持ったまま、海の方へ行った。

眼の前は磯であるが、海に突き出した岸壁があった。明りはないが、少しだけ岸壁を歩いた。穏やかだが小さな波はあり、それが岸壁に当たるところが、青白く光っていた。

「ホテル夜光虫」

私は酔った声で、海にむかって言った。

それから首を振り、持っていたグラスのグラッパを飲み干した。

ふり返ると、闇の中に建物が浮かびあがっていた。

北方謙三（きたかた・けんぞう）

１９４７年佐賀県唐津市生まれ。中央大学法学部卒。１９７０年『明るい街へ』でデビュー。１９８１年『弔鐘はるかなり』でハードボイルド小説に新境地を開く。『眠りなき夜』で日本冒険小説協会大賞、吉川英治文学新人賞、『渇きの街』で日本推理作家協会賞を受賞。近年は歴史小説での活躍が目覚ましく、『破軍の星』で柴田錬三郎賞、『楊家将』で吉川英治文学賞、『水滸伝』全19巻で司馬遼太郎賞を受賞。日本ミステリー文学大賞、菊池寛賞も受賞。『水滸伝』『楊令伝』『岳飛伝』完結後、モンゴルを舞台に『チンギス紀』に力を注ぐ。

7/5

スクランブルの朝

五木寛之

そのホテルのレストランの窓からは、隣接する公園の緑の木立ちがよく見えた。

朝食のメニューはいつもきまっている。トマトジュースにヨーグルト。スクランブルエッグかオムレツかは選択だ。1ミリほどの厚さのハムと野菜の葉っぱがお義理のようにそえてある。トーストかクロワッサン、それにコーヒー。

レストランにはほかに客の姿はない。そもそも宿泊客がほとんどいないらしいのだ。新型コロナウィルスの蔓延とともに、ホテル業界は休業するところもふえているという。

彼は二日前からそのホテルに滞在していた。明日は仕事を終えてチェックアウトしなければならない。なにしろ自費で宿泊しているのだから。

彼は流行作家である。出版界での評価はともかく、自分ではそう思っている。実際に今もこうして執筆のためにAクラスのシティ・ホテルに宿泊しているのだ。

彼は少し柔らかすぎるスクランブルエッグを口に運びながら、新聞を拡げた。コロナのパンデミックはとどまるところを知らない。ブラジルとインドがじわじわと感染ランクの上位に迫りつつある。

朝刊の社会面に大きく扱われている記事が彼の注意を引いた。有名な交響楽団が無聴衆のコンサートを催す、というニュースである。ほかにもその手の記事があちこちに出ている。プロ野球も無観客試合を決行するらしい。無観客で舞台を上演する小劇団の話題もある。人気のあるロックのグループが聴衆を入れないステージを決行するという記事もあった。

「演奏することに意義があるのです。やらずにいられないからやるんだ」

と、バンドのリーダーは語っていた。

〈無観客公演〉、という言葉が彼の心を刺戟した。流行作家たるもの、常に流行に敏感でなくてはならない。

彼は食事を中断し、朝刊を置いて考えこんだ。無観客公演。無聴衆演奏。無観客試合。そうだ。ここにこそコロナ時代のカルチュアの姿があるのではないか。体がカッと熱くなるのを感じた。

彼はガラケーをとりだした。小説雑誌の担当編集者を呼びだすと、相手はすぐに出た。彼は意気ごんで言った。

「いま、すごいアイデアが浮かんだんだよ」

「ほう。どんなアイデアですか」

「小説も時代に敏感でなければならない。わかるね」

「わかりますけど」

「音楽も、演劇も、スポーツもそうだ。コロナ時代の表現のキーワードは、なんだと思う？」

「さあ、なんでしょう」

「無観客、無聴衆。これだ。表現すること自体が重要なんだよ。小説の世界も時代に即応すべきだ。そうでなくては現代のカルチュアからとり残されてしまう。そこで考えた」

「ほう」

「無読者小説。読者を想定しない純粋な創作だ。書くこと自体が目的で――」

「コロナに感染したんじゃないでしょうね。締切りは明日です。ギリギリですから」

電話はむこうから切れた。

言われてみればトマトジュースの味がしない。少し熱もあるようだ。軽い頭痛もする。彼は目を凝らして窓の外を眺めた。公園の緑の木立ちが悪意を示すかのように揺れている。

五木寛之（いつき・ひろゆき）

１９３２年福岡県生まれ。戦後朝鮮半島から引き揚げる。早稲田大学文学部ロシア文学科中退。１９６６年『さらばモスクワ愚連隊』で小説現代新人賞、１９６７年『蒼ざめた馬を見よ』で第56回直木賞、１９７６年『青春の門』で吉川英治文学賞を受賞。１９８１年から龍谷大学の聴講生となり仏教史を学ぶ。ニューヨークで発売された『ＴＡＲＩＫＩ』は２００１年度「ＢＯＯＫ ＯＦ ＴＨＥ ＹＥＡＲ」スピリチュアル部門銅賞に選ばれた。また２００２年度第50回菊池寛賞、２００９年、ＮＨＫ放送文化賞、２０１０年、長編小説『親鸞』で第64回毎日出版文化賞特別賞を受賞。主な著書に『戒厳令の夜』『ステッセルのピアノ』『風の王国』『親鸞』（三部作）『大河の一滴』『下山の思想』など。

7/6　父のように

東山彰良

心臓も前立腺も悪い父は、台湾と日本の両方で治療を受けている。その父が台湾へ帰省していた四月に、例の緊急事態宣言が出された。

あれよあれよという間に日本と台湾の定期航空便はキャンセルが相次ぎ、ぱったりと往来が途絶えて早や三ヵ月が経とうとしている。母にしてみればこれほどの長期間、父と離れて暮らすのは前代未聞のことだ。父の身を案じて一日も早く台湾へ帰りたいと愚痴るのだが、飛行機が飛ばないのだから誰にもどうすることもできない。牽牛と織女でさえ、明日の逢瀬は諦めているはずだ。いっぽうの父はじつにさばさばしたもので、たまに国際電話をかけてきては、たとえこれが今生の別れになったとしても嘆き悲しむことはないなどと嘯《うそぶ》いているそうだ。

台湾で暮らしていたガキの時分から、私は死というものが恐ろしくてならなかった。そのせいかよく周りの大人たちをせっついて、戦争の話や『聊斎志異《りょうさいしい》』に出てくる怪談話をしてもらった。たぶん子供なりに少しでも彼岸のことを理解したかったのだと思う。大人たちはこう言って幼い私を慰めた。死ぬことなんか怖くもなんともない、閻魔大王に呼ばれたら行くしかないし、良い子にしていれば怖いことなんかなにもない。

　私の見るところ、私の上の世代の大人たちは誰一人として死を恐れているふうではなかった。いくつもの戦争を戦った豪放磊落な祖父が死など恐れるに足らずと言うのなら話はわかる。ヤクザ気質の伯父が死を笑い飛ばすのも理解できる。だけど一生学問と詩にかまけてきた父でさえ、そう思っているふしがあるのだ。いつお呼びがかかってもおかしくないのに、今日はなにをしていたのと母に尋ねられれば、テレビで映画を三本観たと言ってあっけらかんとしている。

　小説を書いていてうしろめたくなるのは、自分の言葉を自分自身が本当に信じているのかどうか確信が持てなくなるときだ。証明することを求められない言葉たちは、やはりどこかうつむき加減なのだ。百害あって一利なしと言うけれど、私にとってはこのコロナの時代にもちゃんと一利はあった。少なくとも、死に対する父の真の態度を垣間見ることができたのだから。父が冗談交じりで母に言ったことがたとえ現実になったとしても、父はやはり肩をすくめてこう言うだろう。你又能怎麼樣（どうしようもないだろ）？

やすやすと試練を乗り越えていく言葉に出会ったとき、私はいつでも慰められる。思うに、やり残したことがどれだけあるかなのだ。私には息子がふたりいるが、彼らがすっかり自立した暁には、私もやっと父のように死に対しておおらかになれるのかもしれない。

東山彰良（ひがしやま・あきら）

１９６８年台湾生まれ。５歳まで台北で過ごし、９歳の時に日本へ。２００２年「タード・オン・ザ・ラン」で第１回「このミステリーがすごい！」大賞銀賞・読者賞を受賞。２００３年、同作を改題した『逃亡作法ＴＵＲＤ　ＯＮ　ＴＨＥ　ＲＵＮ』で作家デビュー。２００９年『路傍』で第11回大藪春彦賞受賞。２０１３年刊行の『ブラックライダー』が「このミステリーがすごい！２０１４」第３位。２０１５年『流』で第１５３回直木賞、２０１６年『罪の終わり』で第11回中央公論文芸賞、２０１７年刊行の『僕が殺した人と僕を殺した人』で第34回織田作之助賞、第69回読売文学賞、第３回渡辺淳一文学賞を受賞。

7/7 一粒万倍日《いちりゅうまんばいび》

伊集院 静

想像するに、作家の娘、息子に生まれるというのは、佳《よ》いか、悪いか、と考えると、私は悪いのでは、と思う。断定した言い方がよくないのなら、表現を少しやわらげて、〝分《ぶ》が悪い〟のではないか。

あれは、四、五年前になるだろうか、東京の三崎町にある鮨屋で、娘と待ち合わせた。一年に一、二回（まったく会わない年もあるが）私たち親子は会うようになった。彼女が中学生になる年まで、私は赤児の彼女と会ったきりで、普通の父娘のように会うことはなかった。私と彼女の母親が離婚をしたこともあるが、二十歳から三十歳くらいまで、私はひどく急《せ》いた生き方しかできなかった。佳《よ》し悪《あ》しで言えば、悪い父親だったかもしれない。

「やあ、元気かい？」

「はい。元気です。父《ちち》（と呼ぶ）の方は？」

「私は相変わらずだ」

「それは何よりです」

特別な話はしないで、二時間の内に鮨屋とバーのカウンターに並んで座り、じゃあ、と言って別れる。それだけの間柄である。

話が逸《そ》れた。その三崎町の鮨屋で会った夕、彼女が、唐突に言った。

「今日は、一粒万倍日だったんですよ」

「何ですか、それは。いちりゅう……。バレンタインとか、ヒナ祭りのようなものですか？」

「どちらも似てないけど、ヒナ祭りは遠くはないかな」

「もう一度言ってくれますか？」

「いちりゅうまんばいび」

彼女は鮨屋の箸入れの小紙に〝一粒万倍日〟と書いた。

「何か、物事をはじめるにはいい日なんですって」

「何かはじめたの？」

「はい、新しい小説を書こう、って、嘘ですけどね。まあ、これまでいろんなことを試しましたが、そんなことで小説は書けませんよ」

「そう、大変だね」

「その大変を、父は三十年もやってるんでしょう。感心することもありますよ」

「私は、大変だと思ったことは一度もありません。いや、本当なんですよ、これは。でもイイ加減にやってるってことでもないんですよ」

「わかりますよ。それだけの執筆量ですもの」

「いや、私は〝質より量〟ですから……」

「いやいや、ご謙遜を……」

私は、その夜、彼女が立ち去った後、バーのカウンターに置いてけぼりの鮨屋の箸入れの紙を開き、しばらくその文字を眺め、立ち上がり、小紙をポケットに入れてホテルにむかった。路地を歩きながら、四角の夜空を見上げ、星がない夏の夜空を見つめて言った。

「なんだ、また今年の七夕も曇りじゃねぇか」

舌打ちをして、歩き出すと、三崎町の夜風は妙に生あたたかかった。私はポケットから煙草を出して吸った。今はもう吸ってない。だから、これは昔話なのである。

＊一粒万倍日＝一粒の籾が何倍も豊かに実って人々を救うことから、一粒の種を植えて豊穣の時を迎えるために、その種を植える日に幸運が宿りますように、という思いから起こった一年の中の佳い日を選定した行事。

伊集院　静（いじゅういん・しずか）

１９５０年山口県防府市生まれ。１９７２年立教大学文学部卒業。１９８１年短編小説「皐月」でデビュー。１９９１年『乳房』で第12回吉川英治文学新人賞、１９９２年『受け月』で第１０７回直木賞、１９９４年『機関車先生』で第７回柴田錬三郎賞、２００２年『ごろごろ』で第36回吉川英治文学賞、２０１４年『ノボさん　小説　正岡子規と夏目漱石』で第18回司馬遼太郎賞をそれぞれ受賞。２０１６年紫綬褒章を受章。

7/8 七月八日

京極夏彦

七夕《たなばた》の笹を分けて貰った礼を口実に友人宅を訪ねた。天気が保《も》ってくれたから笹も飾れたよと意味のない挨拶をすると、友人は頬《ほほ》一つ動かさず、冴《さ》えない顔色だがもしや発熱でもしているのじゃなかろうねと私の顔を見もせずに悪態を吐《つ》いた。冴えぬ顔は平素のことじゃないかと答えると、その点に関しては同意するが伝染《うつ》されても厭だからなあと友は返す。見れば古文書のようなものを読んでいる。聞けば新選組《しんせんぐみ》の関係者が残した私的な記録であると云う。何でも古本の師匠とやらから譲り受けたものなのだそうだ。

「丁度文久《ぶんきゅう》二年の七月に差し掛かったところでね。当時も矢張《やは》り流行病が蔓延していたのだよ。その描写たるや酸鼻を極めている。棺桶作りが間に合わないなどと書いてある。他の記録を参照するに江戸だけで七万人から死んでいるようだし、強《あなが》ち嘘でもないだろうが」

それはコレラ病だろうと云うと、それだけじゃないよと友は云う。

「先行して麻疹《はしか》も流行していたのだ。まあ江戸は水捌《みずは》けが悪い土地柄だし、当時の生活環境は場所に拠っては劣悪だったろうからね。長屋などは井戸も厠《かわや》も共同だ。夏場は余計に不潔になるし凡《およ》そ衛生的とは云い難《がた》い。感染拡大も已《や》むなしだろうな」

「それは文明開化前の話じゃないか。今は栓を捻《ひね》れば蛇口から水が出る時代だ。下水だってある。それに今流行しているのはコレラじゃあない。悪性とは云え、風邪《かぜ》の類いだろう」

「風邪と謂《い》うがね、インフルエンザだよ。君は西班牙《スペイン》風邪を知らないのか。あれが流行ったのは大正《たいしょう》時代だ。文明開化は疾《と》うに済んでいる。それでも三十五万人も亡くなったんだ」

「そうかもしれんがね。今は医療も進歩している。当時は抗生物質もなかった時代だろ」

　変わらないよと友人は云った。

「コレラは安政《あんせい》五年にも文政《ぶんせい》五年にも大流行したが、記録を覧《み》る限りどんどん酷《ひど》くなっている。何も学習しないのだな。感染者の隔離と消毒くらいしか拡大を防ぐ術《すべ》はないし、そりゃ百年前から変わらないんだ。同じことを謂ってるんだ、ずっと。そもそも細菌でさえ手に負えんのに、相手はヴィールスだぜ。薬を作っても鼬《いたち》ごっこだ。昭和二十九年にインフルエンザ対策実施要領が作られたが、今回役に立ったとは思えない。医者が疲弊《ひへい》し貧乏人から死んで行くのだ。国は疫鬼《えきき》を防げない。江戸の頃からずっとそうなのさ」

御祓《おはら》いでもしろと云うのかと皮肉を云うと、その方がましだと友は憎憎《にくにく》しげに云った。

「目に見えない脅威は可視化した途端に攻撃対象になるものなのだ。不安が憎悪に置き換わる。だが感染者や感染源、況《まし》てや医療に従事する人達までを穢《けがれ》として扱うような愚行だけは絶対にしてはいけない。隔離はあくまで感染防止のためで、それ以外の意味はない」

それはそうだなあと私は気のない返事をする。話したいことは他にある。

「穢を祓うのは時の為政者の仕事なんだよ。政《まつりごと》とはそう云うものだ。論理的で実用的な施策を迅速に実行するのは当然のことだが、それ以上に大事なのは信用さ。災厄を祓うには絶対的な信用が必要なんだ。ところがこの国では伝統的に為政者が信用されないのだ。まあ」

反体制の権化のような君に云うことじゃないがなあと友は云う。

「あの震災の時でさえ庶民は半《なか》ば自力で立ち直ったようなものだからな。為政者を妄信すると戦争を始めたりするから、政策は逐一疑うべきなんだろうが、こんな時くらい信用させてくれても罰《ばち》は当るまいよ。今日だって多摩《たま》の方で米軍基地拡張反対運動かなんかをやっているだろう。キナ臭くなる一方でちいとも安心させてくれない」

「君は悠然として見えるがな。そもそも座敷から出ないじゃないか」

籠《こも》っていても君のような迂闊《うかつ》な男が訪ねて来るじゃないかと友人は憎まれ口を叩《たた》く。

「伝染病は人の移動で広がるんだ。百年前と違って、今は移動距離も伸びてるし移動範囲も格段に広がっている。移動時間も飛躍的に短くなってるだろうに。江戸のコレラも大正の西班牙風邪も第二波の方が死亡者が多かったのだ。甘くみちゃあいけない」

「甘くみてはいないよ。いや、だから僕は、亜細亜《あじあ》風邪の話じゃなくてだな」

「判ってるよ。君は一昨日の谷中《やなか》の五重塔焼失事件の話がしたくて来たのだろう」

そこで友人――京極堂《きょうごくどう》はやっと私に顔を向けた。その日、昭和三十二年七月八日が事件

ここまで書いたところで日付が変わった。

京極夏彦（きょうごく・なつひこ）

１９６３年生まれ。日本推理作家協会第15代代表理事。世界妖怪協会・お化け友の会代表代行。１９９４年『姑獲鳥の夏』でデビュー。１９９６年『魍魎の匣』で第49回日本推理作家協会賞長編部門受賞。１９９７年『嗤う伊右衛門』で第25回泉鏡花文学賞受賞。２０００年第8回桑沢賞受賞。２００３年『覘き小平次』で第16回山本周五郎賞受賞。２００４年『後巷説百物語』で第１３０回直木三十五賞受賞。２０１１年『西巷説百物語』で第24回柴田錬三郎賞受賞。２０１６年遠野文化賞受賞。２０１９年埼玉文化賞受賞。

7/9

みんなの顔を

東野圭吾

朝、目が覚めるとカーテンの隙間から薄日が差していた。ベッドから身体を起こし、テーブルに置いた腕時計を見ると午前七時を過ぎていたので、体温計を腋に挟んだ。間もなく、ピピッと電子音が鳴る。今の体温計は本当に計測時間が短い。

『37・5』という数字を見て、がっかりする。

朝食後、担当の医師が入ってきた。ブルーの防護服に身を包み、マスクとゴーグルを付け、ビニールの帽子を被っている。この医師の素顔を見る日は来るのだろうか。

「残念ながら、昨日の検査結果も陽性でした」

申し訳なさそうにいった医師の言葉に、私は肩を落とした。「そうでしたか……」

医師は、私が紙に書き込んだ体温の数値をちらりと見てから、「では、今日もいいですか」と細長い棒を手にいった。その棒の名称は知らない。紙縒り、と心の中で呼んでいる。

「はい、お願いします」私は上を向いた。

医師は紙縒りを鼻の穴に突っ込んできた。喉の奥にまで達しているんじゃないかと思うほど深々と刺され、おまけにぐりぐりとかき混ぜられる感覚だ。痛くて辛くて涙が出そうになる。何度やっても慣れない。

ではまた明日、といって医師は出ていった。部屋を出る前に、防護服やらマスクやらをすべて段ボール箱に捨てていった。たったこれだけのために毎回使い捨てだ。

私は祈る。明日こそ良い結果が出ますように。『陰性』になっていますように。

妻が感染症の検査で陽性判定を受けたのは二十日ほど前だ。職場で感染したらしい。

彼女が入院した翌日、私も検査を受けるよう保健所から連絡があった。毎日顔を合わせているから濃厚接触者というわけだ。

まずいなと思いつつ受けてみたら、案の定、陽性だった。その翌日から、この病室にいる。完全隔離で家族にも友人にも会えなくなった。

感染症の自覚症状はない。咳は出ないし、息苦しさもない。ただし体温は高い。しかし私の場合、そんなには気にならない。妻の感染がわからなければ、たぶん検査を受けることはなかっただろう。

通常、無症状ならば十日で退院できる。症状が出た人でも、快復後に二度続けて検査結果が陰性になるか、発症から十日が経過し、尚且つ快復後から七十二時間が経っていれば退院してよいとされている。

私の場合、すでに入院から十日以上が経っており、自分では快復していると思っている。だが微熱がネックになっていた。平熱に戻らないかぎり、快復とはいえないのだ。この熱が感染症によるものでないと証明するには、検査で陰性という結果を得る必要がある。

ところがどうしたわけか、なかなかそうならなかった。連日検査を受けるのだが、ことごとく結果は陽性だ。熱も下がらず、したがって退院できない。

早々に退院している妻にメールを出すのは日課だ。文面はずっと同じ。『今回の結果も陽性でした』、だ。

すぐに妻から電話がかかってきた。「残念だったわね。体調はどう？」

「ぼちぼちだ。相変わらず熱は少しあるけどな。今日も検査した」

そう、と妻は短く返事した。励ましの言葉など、虚しいだけだとわかっているのだろう。

だが翌朝、医師が大股で入ってくるのを見て、いい予感がした。マスクで見えないが、笑っているような気がしたのだ。

「陰性でした」待望の言葉だ。抑えた口調ではあったが、声に力強さがあった。

ありがとうございます、と私は頭を下げていた。大きなご褒美を貰った気分だった。

では早速、と医師が紙縒りを構えた。はい、と私は忠実な犬のように顎を上げた。

次の日、無事に二度目の陰性判定を得た。夕方、病院まで迎えに来てくれた妻は、私を見て涙を浮かべた。私も胸が熱くなった。人目がなければ抱き合っていたかもしれない。

タクシーで自宅に帰った。長年住み慣れた古い日本家屋だ。ようやく帰ってこられた。ところが玄関で靴を脱ぎ、一歩足を踏み出したところで、ふっと意識が遠のいた。

お爺ちゃん、お爺ちゃん——聞き覚えのある声で目が覚めた。

気づくと布団の上だった。「あっ、気がついたみたい」妻の声がいった。

ぼんやりとしていた視界が、少しずつはっきりしてきた。妻と娘夫妻、そして孫娘の顔が並んでいた。

「おう、みんなか」弱々しい声を出すのが精一杯だった。

「お爺ちゃん、退院おめでとう」小学校二年になった孫娘がいった。

「うん、ありがとう。みんなの顔を見られてよかった」

これでいつでも死ねる、と思った。

末期がんと宣告されて半年、自宅療養中の身だった。八十歳を過ぎているし、特に思い残すことはなかったが、死ぬ時には家族たちと一緒にいたかった。

私は布団から出した手を妻のほうに伸ばした。彼女は泣き顔になり、「病気をうつしてごめんなさい」といって手を握ってきた。

私はかぶりを振り、笑った。献身的に看病してくれた彼女に落ち度などない。

「手を握ったらいけないって先生がいってたよ」孫娘が口を尖らせた。

「いいんだよ」私は笑いかけた。愛する家族の手も握れずに、何が新しい生活様式だ。強烈な眠気が襲ってきた。消えゆく意識の中で、これで葬式でも最後の別れをしてもらえるな、と思った。

東野圭吾（ひがしの・けいご）

１９５８年大阪府生まれ。大阪府立大学卒業。１９８５年『放課後』で江戸川乱歩賞を受賞しデビュー。１９９９年『秘密』で日本推理作家協会賞、２００６年『容疑者Ｘの献身』で直木賞、本格ミステリ大賞、２０１２年『ナミヤ雑貨店の奇蹟』で中央公論文芸賞、２０１３年『夢幻花』で柴田錬三郎賞、２０１４年『祈りの幕が下りる時』で吉川英治文学賞を受賞。２０１９年、海外を含む出版界への貢献により、野間出版文化賞を受賞。最新刊は『ブラック・ショーマンと名もなき町の殺人』。

装丁　六月

初出
2020年 5月1日より8月8日まで
ウェブサイトtree（http://www.tree-novel.com）で連載

Day《デイ》 to《トゥ》 Day《デイ》

2021年 3月23日　第一刷発行

編者　講談社
発行者　渡瀬昌彦
発行所　株式会社 講談社
〒112-8001 東京都文京区音羽2-12-21
電話　〈出版〉03-5395-3506
〈販売〉03-5395-5817
〈業務〉03-5395-3615

印刷所　豊国印刷株式会社
製本所　大口製本印刷株式会社

定価はカバーに表示してあります。

落丁本・乱丁本は購入書店名を明記のうえ、小社業務宛にお送りください。

送料小社負担にてお取り替えいたします。

なお、この本についてのお問い合わせは、文芸第三出版部宛にお願いいたします。

本書のコピー、スキャン、デジタル化等の無断複製は著作権法上での例外を除き禁じられています。

本書を代行業者等の第三者に依頼してスキャンやデジタル化することは、たとえ個人や家庭内の利用でも著作権法上違反です。

©講談社　2021　Printed in Japan
N.D.C.913 414p 20cm
ISBN 978-4-06-521842-6

コロナ禍の奇跡——

Day to Day

2020.4.1-7.9

2020年4月以降の
日本を舞台に描かれた
100人の小説家と
109組の漫画家たちによる
珠玉の作品、ついに書籍化！

小説版、漫画版、小説と漫画が一体となった愛蔵版の3冊同時刊行!

小説版 **Day to Day**
416頁
定価1760円(本体1600円+税10%)

漫画版 **MANGA Day to Day**
(上)384頁 (下)368頁
定価各1540円(本体各1400円+税10%)

愛蔵版 **Day to Day**
函入り3冊組 総ページ数1024頁
定価7150円(本体6500円+税10%)